마혼, 부부가 함께 은퇴합니다

마흔, 부부가 함께 은퇴합니다

김다현 지음

5년 만에 40대 조기 은퇴에
성공한, 금융맹 부부의
인생리셋 프로젝트

한겨레출판

차례

당신 꿈, 내가 이루어줄게

난 마흔에 은퇴했다. 더 이상 회사 생활은 하지 않을 생각이다. 내 주위의 사람들에게 '나 은퇴했어'라고 이야기를 하면, 그들은 내가 이제 전업주부의 삶을 선택한 것으로 생각했다.

"그래, 너 정도면 오래 일했지. 남편이 돈 벌잖아."
"우리 같이 은퇴했어. 남편이 나보다 먼저 그만뒀는데."

부부가 같이 이른 은퇴를 했다고 말하면, 그때부터 사람들의 시선은 달라진다. 그들은 호기심 어린 표정으로 나에게 마구 질문을 쏟아낸다.

"로또라도 당첨됐어?"
"이제 뭐 먹고살려고?"

　흔히 사람들은 이른 은퇴를 선택한 이들을 보고 '금수 저라서 그래', '어디서 큰돈이라도 생겼나 봐'라고 생각 한다. 하지만 우리는 금수저도 아니고, 투자에 크게 성 공한 것도 아니다. 평범한 가정에서 자라난 평범한 사람 들이다. 결혼 전에는 나이에 비해 모은 돈도 별로 없었 다. 우리는 이른 은퇴를 위해 그저 연금을 준비했고, '연 봉이 오르는 것도 투자야'라고 생각하며 열심히 일을 했 을 뿐이다.

　우리가 이른 은퇴를 할 수 있었던 건, 돈을 벌어 얻고 싶은 것이 많지 않았기 때문이다. 우리는 루프탑 레스토 랑에서 스테이크를 먹는 것보다 한라산 정상에서 컵라 면 하나 먹는 걸 더 행복해하는 사람들이다. 밥벌이를 위해 회사에서 많은 시간을 보내는 것에 지쳐갈 때쯤,

이렇게 살아가는 게 맞는 걸까 의문이 들었다. 그리고 내가 원하는 삶을 살기 위해서는 얼마만큼의 돈이 필요한지 계산했다. 그렇게 은퇴를 결심하고 5년 동안 차근차근 준비하면서, 앞으로 회사를 위해 쓰는 시간을 아껴 하고 싶었던 일을 하는 데 쓰자고 다짐했다.

남편은 나를 만나기 훨씬 이전부터 마흔의 은퇴를 꿈꿔왔다고 했다. 그를 처음 알게 된 건 13년 전, 내가 일하는 포털 서비스를 만드는 회사에 그가 경력직으로 입사하면서부터이다. 조금은 경직된 분위기의 소프트웨어 개발 회사에서 일했던 그는, 상상했던 회사의 모습과 내가 비슷하다며 이렇게 말했다.

"딱 포털 서비스 기획자처럼 생겼어요."
"포털 서비스 기획자처럼 생긴 건 뭐예요?"
"그냥… 회사처럼 젊고 발랄한 느낌?"

그때의 나는 20대였으니 실제로 젊고 발랄했다. 반면

그는 병약한 지식인처럼 생겼다. 과거 우리나라가 어려웠던 시대, 가슴속 열정은 가득하지만 혼자 힘으로는 아무것도 할 수 없는 현실에 답답해하며 시들어간 지식인 느낌. 그는 좀 말랐고, 안경을 썼다. 생각이 많아 보이는 얼굴이다. 하지만 나중에야 그 표정은 저녁 메뉴를 고민할 때도 짓는 표정이라는 걸 알게 되었다.

우리는 함께 프로젝트를 하면서 친해졌다. 나는 내가 기획한 서비스의 개발을 담당했던 남편에게 잘 보이기 위해 노력했다. 순전히 일 때문이었다. 그런데, 업무에 대한 이야기를 시작하기 전 어색함을 씻어내기 위해 했던 가벼운 이야기들로 우리의 취향에 공통점이 많다는 것을 알게 됐다. 좋아하는 음식부터 음악, 영화, 책까지 겹치는 지점이 많아서 점점 사적인 대화를 하는 시간이 늘었다.

"책상 위에 책 올려뒀는데 봤어요?"
"어, 이거 내가 보고 싶었던 책인데."
"주말에 출근하면, 이거 2권도 빌려줄게요."

그는 주말에도 회사에 나오라고 책으로 나를 유혹했다. 우리가 함께한 프로젝트는 우여곡절이 많아 야근과 주말 출근을 밥 먹듯이 해야 했다. 그렇게 같이 보내는 시간이 많아지면서 우리는 좀 더 친해졌고, 몇 년의 시간이 흐른 후 연애를 시작하게 되었다.

연애 초반에 그는 비혼주의자라고 했다. 자기는 이른 은퇴를 생각하고 있어 누군가를 책임질 수 없는 사람이라고 말했다.

"내가 먹여 살리면 되잖아."

남편은 내가 먹여 살리겠다는 말에 반해 결혼을 결심했고, 우리는 5년의 연애 끝에 내 나이 서른다섯, 남편 나이 마흔하나에 결혼했다.

남편은 이른 은퇴 후 가정주부를 하는 것이 꿈이라고 말했다. 나는 남편의 꿈인 가정주부를 꼭 이루어주겠노라고 약속했지만, 그의 은퇴 준비 과정을 지켜보며 나도 서서히 물들어버렸다. 회사 일이 아닌, 내가 하고 싶은 일을 하면서 사는 건 어떤 기분일지 궁금해졌다. 난 어릴 때 상상했던 모습과는 자못 다른 어른으로 살고 있었다. 은퇴하면 내가 꿈꾸던 대로 살 수 있을까? 남편이 꺼낸 '세계 여행'이란 말로 시작했던 작은 불씨는 점점 커져갔고, 결국 함께 은퇴하는 것으로 방향을 틀었다. 나도 덩달아 조기 은퇴를 결심하자 남편은 딱 한 가지만 약속하라고 했다.

"내가 그만두면 넌 조금만 더 다녀. 6개월 정도는 나 가정주부 하게 해줘야지!"

그렇게 우리는 '부부 공동 은퇴 프로젝트'를 기획하기 시작했다. 난 이른 은퇴를 위한 자금 계획을, 남편은 은퇴 이후 긴 시간을 더 즐겁게 보내기 위한 '할 거리'를 담당했다. 은퇴 준비는 계속되는 불안과의 싸움이었다. 설레기도 하지만 막연하게 느껴지기도 하는 조기 은퇴. 내가 뒤숭숭한 마음을 내비칠 때마다 남편은 그런 나를 안심시켜주었다. 욕심만 부리지 않으면 살아가는 데는 생각보다 큰돈이 들지 않는다고, 하고 싶은 일들을 하면서 살다 보면 새로운 길을 다시 찾을 수 있을 거라고 말이다.

가끔 남편은 이렇게 이야기한다.

"마흔에 은퇴도 하고 부러워~ 그건 내 꿈이었는데 말이야."

"무슨 소리야, 당신 꿈을 내가 대신 이루어준 거지."

1장

마흔엔
은퇴할 거야

마음먹기 편

백수가 체질인 남자,
일탈을 꿈꾸던 여자 ....

　그는 백수가 체질이라고 했다. 내가 봐도 그는 정말
잘 놀았다. 제대로 놀기 위한 방법을 알고 있었다. 그는
대학 시절 행글라이더, 패러글라이딩, 윈드서핑 등 다양
한 취미를 배웠다. 그리고 무엇을 배우든지 평균 이상의
실력을 보였다. 하지만 그는 항상 거기서 만족했다. 잘
하는 것보다 즐기는 것을 더 좋아하는 그런 사람이었다.
그렇게 잘 노느라 대학교 학점 평균이 2.6이었다고 한
다. 그는 이 얘기를 하면서도 "그래도 졸업하고, 알 만한
회사에도 들어왔으니 이 정도면 충분하지 않아?"라며
씩 웃는다.

그는 여행을 좋아했다. 전국에 안 다녀본 곳이 없었다. 내비게이션도 없던 시절 지도책 하나만 들고는 강원도와 남해 구석구석을 찾아다녔다고 한다. 그는 낮에는 태양의 위치를 보고, 밤에는 별을 보면서 길을 찾았다고 했다. 난 그 말이 허세인 줄 알았다. 하지만 그는 정말 나침반을 보지 않고도 동서남북의 위치를 말했고, 난 그게 맞는다는 것을 확인하고서야 인정했다.

그는 하고 싶은 일이 생기면 바로 저질렀다. 서른에 대책 없이 회사를 그만두고, 한 달간 동남아로 배낭여행을 다녔다고 한다. 미리 준비된 여행도 아닌, 여행책 한 권만 달랑 들고 내키는 대로 여기저기 다닌 자유분방한 여행이었다. 베트남 나트랑에서 5달러도 안 하는 저렴한 호텔에 머물렀는데, 그 호텔의 조식이 아직도 생각난다고 했다. 토스트 한 조각과 버터 그리고 커피 한 잔으로 구성된 단출한 조식. 그는 그때 커피의 쓴맛이 주는 풍미를 알게 되었다고 했다.

태국 빠이에서는 3박 4일 동안 짐꾼과 가이드 한 명을 데리고 정글 트레킹을 했단다. 그들이 밥도 해주고 현지

주민의 집에서 잘 수 있도록 숙소도 마련해주었는데, 비용이 10만 원밖에 들지 않았다고 했다. 빠이에 머무는 동안 카페에서 책을 읽거나 산책을 하며 일상을 살았는데, 그 여유로움이 정말 좋았단다. 그렇게 한 달을 여행하는데는 항공권 비용 30만 원에 생활비 100만 원, 총 130만 원밖에 들지 않았다. 그때 그는 세상은 참 넓고, 살아가는데는 생각보다 많은 돈이 들지 않음을 깨달았다고 한다.

그는 그렇게 돈을 모으지 않았다. 돈이 모이면 쓰기 바빴다. 갖고 싶은 물건이 있으면 사고, 하고 싶은 일이 있으면 하면서 그렇게 살았다. 그런 그를 보고 주변 사람들은 천상 '한량'이라고 말했다. 그는 결혼하지 않고 동남아에서처럼만 살아간다면 이른 은퇴를 해도 충분히 놀 수 있을 거라고 생각했다.

반면 난 참 재미없게 살았다. 평범한 학생이었고 직장인이었다. 퇴근하면 회사 동료들과 술 한잔 하는 것을 즐겼고, 주말에는 친구들을 만나 수다를 떨며 스트레스를 풀었다. 남편처럼 잘 노는 방법을 몰랐다. 난 주변 사람들의 시선을 잔뜩 의식한 채 세상이 정해둔 삶의 이정표대로만 살아가고 있었다.

그러다 스물아홉에서 서른으로 넘어갈 때쯤 이 평범한 일상이 우울해졌다. 정해진 삶의 이정표를 하나씩 행하고 있는 내 모습이 싫었다. 서른을 앞두고 뒤늦은 사춘기가 찾아온 듯했다. 학교를 졸업하고, 취직하고… 삶의 이정표대로라면 이제 결혼하고 아이를 가져야 하는데… 마음이 동하지 않는 건조한 생각이 맥없이 들었다. 일탈해본 적 없는 나의 삶은 지루했다. 그래, 지금껏 안 해봤지만 이제라도 마음이 끌리는 대로 한번 해보자. 그렇게 결심하고 일탈을 꿈꿀 때 남편을 만났다.

취향은 비슷하지만 살아온 방식이 다른 남편에게서 나는 세상을 보는 '다른 방법'들을 배웠다. 수산 시장 생선 가판대에 놓인 고등어 표정까지 살피며 느리게 걷는 그에게서, 걷는 일이 단순히 목적지로 가기 위한 행위가 아니라 즐거운 산책임을 깨달았다. 행선지에 빨리 도착하는 기쁨보다 느릿느릿 과정을 즐기는 것이 훨씬 기대

되고 재미있는 일이라는 걸 경험했다.

　항상 일탈을 꿈꿔왔지만 여전히 불안해하며 머뭇거렸던 나는, 남편을 만나고 조금씩 달라졌다. 조금 다른 일상이라고 느꼈던 순간들도 남편과 함께하니 이상해 보이지 않았다.

　그렇게 우리는 함께 일생일대의 일탈을 저지르기로 했다.

마흔에는
세계 여행을 떠나자 ··················

"쉰이 되기 전에는 세계 여행을 가야 하지 않을까?"

우리는 여행 프로그램 보는 것을 좋아한다. 가보지 못한 나라의 멋진 풍광이 화면 가득 펼쳐질 때면 "우린 언제 갈 수 있을까?"라고 남편과 얘기하곤 한다. 그러던 어느 날, 남편이 세계 여행을 떠나자고 말했다. 결혼한 지 얼마 되지 않은 때였다.

둘 다 여행을 무척 좋아하기에 1년에 한두 번은 함께 어디론가 떠나곤 했다. 휴가를 내서 떠나는 여행은 항상 아쉬웠다. 빠듯한 일정에 비해 하고 싶은 일들은 많다

보니 여행 내내 강행군이었다. 여행지의 길과 음식에 익숙해지고, 현지의 매력에 푹 젖어들 때쯤이면 이미 현실로 돌아가야 할 시간이 된다. 우린 여기를 또 언제 오겠냐며 하나라도 더 보기 위해 잠을 아꼈다. 그런 여행 이후 회사에 돌아가면 둘 다 녹초가 되기 일쑤였다.

회사에서 모처럼 긴 휴가를 받아 남편과 터키 여행을 떠났을 때의 일이다. 우리는 차를 렌트해 지중해부터 돌아보기로 했다. 처음 만난 지중해 바다는 청량했다. 태양은 바다를 달구어내듯 뜨겁게 비추었고, 반사된 빛을 받은 도시들은 반짝였다. 목적지 중 한 곳인 '카쉬'에 도착해 호텔 체크인을 하는데,

"여기서 며칠 정도 머무를 예정이에요?"

"저희는 1박만 하고 떠나요."

"1박이요? 이 아름다운 곳에서 어떻게 하루만 머무를 수 있죠?"

형제의 나라에서 왔다며 터키인 특유의 친근함으로

우리를 환영하던 주인은 크게 안타까워했다. 우리 뒤로는 거기서 한 달쯤은 살 수 있을 것 같은 커다란 여행 가방 두 개를 가지고 체크인을 기다리고 있는 유럽인들이 보였다. 카쉬 거리에서 만난 사람들은 모두 뜨거운 햇살에 보기 좋게 그을려 있었다. 그들은 이곳에서 긴 휴가를 즐기고 있는 것처럼 보였다. 우리가 잡은 터키 여행 일정은 다른 짧은 여행과 크게 다르지 않았다. 가봐야 할 장소가 너무 많았다. 지중해 여행을 끝낸 다음에는 카파도키아에서 열기구를 타고, 오랜 역사를 자랑하는 이스탄불에도 가야만 했다.

호텔 주인장이 말한 대로 카쉬는 작은 도시였지만 아기자기하게 즐길 거리가 많았다. 우린 작은 보트를 빌려 지진으로 물에 잠긴 옛 도시와 고대 리키아인의 무덤을 둘러보았다. 하루 일정이었기에 보트 투어만 하고 다음 날 바로 떠나야 했다. 아쉬운 마음에 '여기서 조금 더 머물까?' 하는 생각도 했지만, 다음 목적지인 '안탈리아' 호텔 예약을 마친 터여서 더 머물려면 취소 수수료를 물어야 했다. 고민 끝에 예정대로 카쉬를 떠날 때는 모자라

마흔, 부부가 함께 은퇴합니다

서 서운한 마음이 잔여물처럼 남았던 것 같다. 당시 우리 여행지에서의 느긋함을 즐길 마음의 준비가 되어 있지 않았지만, 세계 여행을 떠난다면 그때와는 다른 여행을 하고 싶다. 여행지에서의 시간이 얼마나 남았나 전전긍긍하지 않으며, 한곳에 진득이 머무르고 싶다.

"세계 여행 하는 데 얼마나 걸릴까?"
"글쎄, 한 2년 정도는 해야지."

2년 동안 여행이라니 벌써부터 설렌다. 하지만 회사에서 2년이나 쉬도록 허락해줄지가 걱정이다.

"그래, 좋아! 근데 회사에는 어떻게 말하지?"
"회사는 그만둬야지."

난 휴직을 생각했는데, 남편은 그만두는 걸 당연하다는 듯이 말한다. 세계 여행은 좋지만, 앞으로의 일을 생각하면 막막하다. '업무 공백기가 2년이나 있는데 재취

업이 가능할까? 만약에 취직 못하면 어떻게 먹고살지?'
하는 걱정이 들어 남편에게 말했다.

　"그럼 돌아와서는 어떻게 해?"
　"그때 고민해보지 뭐."

　그렇다. 난 걱정을 사서 하는 편이고, 남편은 닥치지
않은 일을 미리 당겨서 고민하지 않는다. 그는 항상 걱
정부터 앞서는 나를 보며 신기해한다. '구체적인 계획을
세워보면 좀 낫지 않을까?' 나는 구글 독스docs에 새 스프
레드시트를 만들었다. 시트의 제목은 '세계 여행'! 한 달
에 저금할 수 있는 최대한의 금액을 적어보았다. 2년 동
안 여행을 다니려면 얼마가 필요할까? 돈은 얼마를 모
으고 그만둬야 하지? 그럼 몇 년을 더 일해야 하지? 온
갖 생각들이 머릿속을 떠돌았다.

　"너 마흔 살 때 떠나면 되겠네."

내 고민이 끝나기도 전에 남편은 퇴사 날짜까지 정한다. 뭔가 딱 떨어지는 나이 같긴 하다. 그럼 앞으로 남은 5년 동안 우리가 모을 수 있는 돈이 얼마가 될지 다시 계산해봤다. 남편은 내가 계산한 시트를 보더니 이렇게 말했다.

"이 정도면 몇 년 놀아도 굶어 죽지는 않겠네~"

"뭐… 세계 여행은 꼭 해보고 싶었으니."

"더 나이 들면 힘들어서 남미나 아프리카는 가기 어려울 거야."

"그래, 나 마흔에는 세계 여행을 떠나자!"

우리도
〈윤식당〉처럼 해볼까? ·····················

　은퇴를 결심한 후부터 한동안 우리의 대화 주제는 '여행'이었다.

　"토레스 델 파이네 트레킹을 해보자!"
　"다합에서 오래 머물면서 다이빙도 원 없이 해봤으면 좋겠어."
　"갈라파고스도 가보고 싶어!"

　둘 다 트레킹을 좋아하니 유명한 트레킹 코스는 다 걷고 싶었고, 다이빙 성지인 다합도 가보고 싶었다. 여행

다큐멘터리를 보며 빠져들었던 갈라파고스도 빼놓을 수 없었다. 좋아하는 여행 스타일이 모두 체력을 요하는 것들이었으니, 어찌 보면 마흔이라는 나이는 우리에게 꼭 지켜야 할 '마감 기한' 같은 거였다.

하지만 현실적인 문제도 생각하지 않을 수 없었다. 여행을 다녀와서는 어떻게 살아가야 할까. 우리는 세계 여행 이후에도 지금처럼 회사에서 대부분의 시간을 보내며 돈을 벌고 싶지는 않았다. 스트레스 받지 않으면서, 둘이 생활할 만큼만 적당히 벌 수 있는 일을 찾고 싶었다. 남편은 트럭을 운전하거나 작은 식당을 운영하는 걸 생각했고, 난 사무 보조 아르바이트를 떠올렸다.

"2년이라는 시간은 길어. 여행을 하면서 고민해도 늦지 않을 거야."

우선은 설렘만 가져가기로 했다. 욕심만 버리면 우리가 할 수 있는 일은 많이 있을 거다.

퇴근 후 잠들기 전, 방송 다시보기 한 편을 보며 맥주 한잔 기울이는 것은 우리 둘만의 조촐한 의식이었다. 밤 11시, 12시에 늦은 퇴근을 해도 이 의식은 치러야 했다. 그 시간은 회사 일로 지친 하루를 잊게 해주는 삶의 낙이었다. 힘든 하루를 보낸 우리가 고르는 프로그램은 주로 가벼운 예능이었다. 〈윤식당〉 시리즈도 자주 챙겨보는 프로 중 하나였는데, 발리에서 촬영한 〈윤식당〉 시즌 1에는 우리가 꿈꾸는 모든 것이 담겨 있었다. 발리 길리섬에는 거북이가 많았다. 우리는 스쿠버다이빙을 하다가 거북이를 만나면 둘 다 한참을 멍하니 바라보곤 했다. 길리섬에 간다면 원하는 만큼 스쿠버다이빙을 하면서, 아쉬움 없이 거북이와 고요한 조우를 할 수도 있지 않을까? 영화 〈안경〉에서처럼 하얗게 일렁였다 부서지는 파도를 보면서, 시간의 존재를 잊은 사람처럼 느린 오후를 보내고 싶다.

그런 상상을 하며 바라본 화면 속 길리섬은 날씨도 화창했고 음식도 맛있어 보였다. 사람들의 표정도 모두 여유롭고 행복했다. 그러고 보면, 여행지에서 만난 사람들의 표정은 늘 그랬다. 문득, 여행을 떠나서 마음에 드는 동네를 발견하면 거기서 작은 식당을 열어도 괜찮겠다는 생각이 들었다.

"우리도 여행지에서 작은 식당을 해보면 어떨까?"
"넌 요리 못하잖아."
"나 말고 당신이 주로 하면 되지! 당신 라면집 하면 성공할 거야."

나 혼자 갑자기 신나서는 해외에서 식당을 하려면 어떤 준비가 필요한지 조사해봤다. 해외 법인 설립, 주류 판매 허가, 가게 임대 등 목록만 보아도 머리가 아파오는 문제들이 많았다. 한국에서도 식당을 하려면 당연히 거쳐야 하는 과정이긴 한데… 이걸 말도 잘 안 통하는 해외에서 한다? 우리가 쉽게 도전할 일이 아니었다. 자유롭게 살려고 은퇴하는 건데, 현지 식당을 운영했다간 한국에서 회사 다니는 것보다 더 고될 것만 같았다.

"쉽지 않겠네. 우리가 할 수 있는 건 아닌 거 같아."

"당연하지. 차라리 여행 가서 배운 걸 한국에 돌아와서 하는 건 어때?"

"그것도 괜찮네!"

"포르투갈에서 에그타르트 만드는 걸 배운다거나, 스페인, 이탈리아에서 요리를 배워 오는 거지."

꼭 요리가 아니더라도 괜찮은 생각인 것 같았다. '2년 동안 여행 다니며 놀았어요'가 아니라 '2년 동안 무언가를 배우며 재충전의 시간을 가졌어요'라고 한다면, 배워 온 것으로 새로운 시작은 하지 못하더라도 소소한 일자리를 구하는 데는 도움이 될 것 같았다. 우리는 그동안 막연한 관심만 가지고 있었을 뿐 도전하지는 못했던 일들을 하나씩 꺼내어놓았다.

그렇게 우리의 은퇴 이야기에 '배워보고 싶은 것'이라는 주제가 추가되었다. 지금까지 회사라는 안정적인 울타리 속에서 살아왔지만, 이 울타리를 벗어나면 지금껏 우리가 몰랐던 세상을 만나게 될 것이다. 우리가 세계 여행을 떠나려 하는 건, 어쩌면 일상에서 벗어나 새로운 경험을 하고 싶은 건지도 모른다. 여행은 시간이 지나면 끝나버리지만, 여행에서 우리가 배워 온 것은 계속 남아 있을 것이다. 그 '배움'이라는 것이 세계 여행에 대한 설렘을 더욱 크게 만들었다. 울타리 바깥의 세상이 조금은 두렵기도 하지만, 그렇게 다른 삶을 살아가다 보면 생각지도 못한 기회가 찾아올 거라는 기대를 가져본다. 처음 치즈케이크를 먹었을 때의 그 달콤함, 처음 맥주를 마셨을 때의 그 짜릿함처럼 새로운 경험은 '처음'이 주는 설렘과 즐거움을 가져다줄 것이다.

한 달 여행 후,
은퇴 계획이 달라졌다 ··················

우리가 다닌 회사는 3년을 근무하면 한 달의 안식휴가를 주었다. 우리는 그 한 달을 꽉 채워서 '세계 여행 예행연습'을 하고 오자고 마음먹었다.

"세계 여행 갈 때 호주랑 뉴질랜드를 포함하면 동선이 좀 애매할 것 같네. 이번 기회에 미리 다녀올까?"
"좋아, 좋아. 다시 가기는 어려울 테니까 거기서 하고 싶었던 거 다 하고 오자!"

둘 다 예전부터 호주 '울루루'에 가고 싶다는 얘기를

많이 했었다. 영화 〈세상의 중심에서 사랑을 외치다〉 주인공들이 그토록 가고 싶어 하던 곳이다. 영화를 재미있게 본 것은 아니었는데 울루루는 유독 기억에 남았다. 우린 함께 '세상의 중심'에 가보고 싶었다.

캠핑카를 빌려 울루루가 있는 아웃백에서 열흘을 보냈다. 울루루 주변을 한 바퀴 돌아보는 트레킹 코스가 있었는데, 한낮은 너무 뜨거워 트레킹을 하려면 오전 중으로 끝내야만 했다. 그래서 우린 아침 일찍 서둘러 길을 떠났다. 호주 중부 사막 한가운데 위치한 거대한 바위산인 울루루는 멀찍이서 바라만 봐도 자연의 웅장함과 신비함이 느껴졌다. 이 웅대한 붉은 바위가 정말 하나로 이루어진 것이 맞나 의심스러웠다. 원주민들의 성소라고 하는데, 원주민뿐 아니라 누가 보더라도 신성시할 수밖에 없는 광경이었다. 우리는 연신 놀라워하며 4시간 동안 울루루를 크게 한 바퀴 돌았다.

아웃백의 아침에 울루루가 있다면, 아웃백의 밤에는 은하수가 있었다. 사실 아웃백의 하루는 밤에 더 빛났다. 우윳빛 은하수가 하늘을 반으로 가르며 흐르고 있었으니 말이다. 우리는 목이 아픈 줄도 모르고 밤새 하늘을 올려다보며 남반구의 별자리를 찾았다.

호주 아웃백의 캠핑장에는 각양각색의 캠핑카와 사람들이 있었다. 거의 집이나 다름없이 모든 것을 갖춘 트레일러부터 직접 개조한 것으로 보이는 화려한 색감의 단출한 승합차들까지 캠핑카들의 기능과 생김새가 다양했다. 우리가 머물던 캠핑 구역 뒤에는 마우이maui 캠핑카(1~2년 내 출시된 벤츠를 개조한 비싼 캠핑카)가 있었는데, 거기엔 어느 백발의 노부부가 머물고 있었다. 부부는 각자 의자에 앉아 책을 보거나 함께 차를 마시며 도란도란 이야기를 나누었는데, 그 모습이 참 보기 좋다. 그건 우리가 꿈꾸던 은퇴 이후의 모습이었다.

"사막 캠핑이 힘들 줄로만 알았는데, 만족스럽네."

"응, 다시 와도 좋을 것 같아. 어젯밤에 본 은하수를 한 번 더 보고 싶어."

"우리도 저 노부부처럼 나이 들어서 다시 오자. 그때는 마우이를 빌릴 수 있으려나?"

"그럼 우리 은퇴자금 많이 모아야 할 텐데~"

호주 다음의 여행지 뉴질랜드에선 '크라이스트처치에서 캠핑카를 빌려서 남섬 한 바퀴를 돌자!' 이것이 계획의 전부였다. 그곳은 주요 여행지마다 캠핑장이 있었고, 시설도 대체로 괜찮았다. 우리가 갈 땐 성수기가 아니어서 미리 예약할 필요도 없었다.

우린 두 사람이 잠만 잘 수 있을 정도의 공간이 있는 작은 캠핑카를 빌렸다. 의자 아래에 수납공간이 있었고, 차 트렁크에서는 간단한 조리가 가능했다. 호수가 보이는 도로를 달리다가 마음에 드는 풍경이 보이면 주차를 하고 캠핑 의자와 테이블을 꺼냈다. 트렁크의 아담한 조리대는 풍경을 바라보며 라면을 끓여 먹기에 충분한 크기였다.

매일 밤, 좁은 캠핑카 안에서 나란히 맥주 한잔을 하며 뉴질랜드 지도를 들여다보는 것도 우리의 중요한 하루 일과였다. 지도를 보다 마음에 드는 곳을 발견하면, 바로 다음 여행지로 정했다.

"여기는 다른 곳이랑 다르게 지형이 특이하다. 꽃처럼 생기지 않았어?"

"캠핑카 반납하는 곳이랑 멀지 않네. 내일은 여기로 가보자."

'아카로아'는 캠핑카를 타고 마지막으로 방문한 도시로, 지형이 신기하니 가보자 해서 무작정 찾은 곳이다. 높은 산을 헤치고 들어서자 깊숙한 곳에 작은 항구가 자리 잡고 있었다. 아카로아의 특이한 지형은 두 개의 화산 분화구가 침식되면서 생긴 것이라고 했다. 오래전 프랑스인들의 정착지였어서 그런지 프랑스풍의 건축물들이 아직 남아 있었다. 그동안 보았던 뉴질랜드와는 또 다른 이국적인 매력이 느껴졌다.

아카로아의 자연환경은 〈반지의 제왕〉에 나온 호빗마을을 떠올리게 했다. 높은 곳에 올라 아카로아를 내려다보니, 옥색 바다와 주변을 겹겹이 둘러싼 푸른 산이 대비돼 더욱 아름다웠다. 이렇게 계획 없이 떠난 여행지에서 우린 더 큰 만족을 느꼈다. 우연히 찾은 곳이 좋으면 좋아서 웃고, 실망스러우면 그래도 새로운 경험을 했네, 몰랐던 걸 알게 되었네, 하며 웃었다. 내키는 대로 다니는 여행이 우리에게 더 잘 맞는다는 것을 그때 알았다.

특별한 계획 없이 머물며 보냈던 한 달 여행은 너무 짧지도, 길지도 않았다. 마음에 드는 동네가 있으면 하루 더 머물렀고, 가고 싶은 곳이 있으면 훌쩍 떠났다. 여행에 지칠 때쯤 돌아가서 쉴 수 있는 집도 기다리고 있다. 하지만 '세계 여행'이라는 목표를 이루기 위해선 2년 동안이나 집을 떠나 있어야 한다. 장기간 비워둘 수는 없으니 살고 있던 집을 정리해야 하고, 여행 중 다시 돌아오는 일이 생기지 않도록 철저한 준비도 필요할 것이다. 집을 정리하고 떠나면, 돌아와도 쉴 곳이 없다. 한 달의 여행이 만족스러웠던 우리는 여행에 대한 생각을 달리하기 시작했다.

그동안 세계 여행은 우리 인생의 큰 목표처럼 느껴졌었다. 그러나 이 여행 후 우리는 세계 여행이라는 타이틀에 시큰둥해져 버렸다. 여행을 한다고 생각하면 2년은 매우 긴 시간이지만, 우리의 전체 인생에서 2년이라는 시간은 매우 짧다. 세계 여행이라는 목표를 이루고 나면, 우리에게 남아 있는 긴 시간 동안 허무에 빠지지는 않을까? 세계 여행을 결정한 이후에도 난 내심 염려하고 있었다.

"세계 여행을 2년간 연속해서 다닐 필요가 있을까?"
"그냥 가고 싶은 도시를 정해서, 한두 달씩 머물다가 다시 집으로 돌아오는 여행도 괜찮을 것 같아."

처음에는 은퇴보다 긴 여행을 하고 싶다는 생각이 더 컸다. 하지만 은퇴 이후의 삶을 이야기하면 할수록, 여행은 은퇴 후 누릴 수 있는 수많은 일들 중 하나일 뿐이란 생각이 들었다. 한 달간 호주, 뉴질랜드 여행을 다녀온 후, 이 생각에 점점 더 확신이 들었다. 그래서 은퇴 이후에 어떻게 살지 성급하게 결정하지 않기로 했다. 서둘러 세계 여행이라는 목표를 이루기보다는, 천천히 여행의 여유를 즐기기로 했다. 그렇게 우리의 계획이 바뀌었고, 우리가 생각했던 은퇴의 모습도 조금씩 변해갔다.

마흔, 부부가 함께 은퇴합니다

아이가 없는 것과
은퇴의 상관관계 ·····················

　우리는 아이가 없다. 결혼하기 전부터 아이를 가지지 않기로 합의했다. 남편은 어린 시절 방학 때면 사촌들과 자주 어울렸다고 했다. 남편의 사촌들은 모두 모이면 남자만 15명이었는데, 방학이면 시골 큰집이 혈기왕성한 남자아이들로 북적여서 조용할 날이 없었다고 한다. 남편은 그때부터 남자라면 징글징글하다고 했다. 나에게도 가끔 이렇게 물어본다.

　"어떻게 남자를 좋아할 수가 있어?"

남편은 여자아이일 확률이 100%라면 아이를 낳을 거라고 했다. 여자아이라면 자신의 모든 걸 바쳐서 행복하게 해줄 거라고, 은퇴보다는 아이의 행복을 위해 희생할 거라고 말했다. 하지만 남편은 예상 가능한 결론을 중요하게 생각하는 이과생이다. 아이를 낳는다면, 남자아이일 확률도 50%이다. 50%의 불확실한 확률로 모험을 걸고 싶어 하지는 않았다.

난 아이가 예쁘긴 하지만 어떻게 대해야 할지 잘 모른다. 친구의 집에 놀러 갔을 때 일이다. 친구가 차를 가져올 테니 잠시만 아이를 보고 있으라고 했다. 난 정말 아이를 '보고만' 있었다. 혹시나 사고가 생기면 어떡하나 걱정하며 잠시도 눈을 떼지 않고 최선을 다해 '보고만' 있었다. 차를 가져온 친구가 살짝 당황해하며 말했다.

"정말 보고만 있으면 어떡해."

난 아이와 어떻게 놀아야 할지 방법을 잘 몰랐다. 낳으면 다 할 수 있다고, 자기 아이는 다르다고 하는데, 그다 할 수 있는 사람의 명단에 나도 포함될지 모르겠다. 나조차도 뭐 하나 제대로 하는 게 없는데, 아이를 잘 키울 수 있을까 싶었다. 그리고 남편이 마흔 하나, 내가 서른다섯일 때 결혼했다. 만약 우리가 결혼하자마자 아이를 가졌어도 아이가 초등학교를 들어갈 때쯤이면 남편은 천명을 알게 된다는 나이인 쉰이 된다. 내 나이 역시 마흔넷. 우리는 아이를 잘 키워낼 자신이 없었다.

또 우리는 둘 다 개인의 공간과 시간이 소중한 사람들이다. 혼자만의 시간을 존중한다. 결혼 후 처음은 각자의 시간을 어떻게 만들어야 하는지 방법을 몰라 힘들었던 적도 있었다. 싸운 건 아니지만 함께 있을 때면 왠지 어색한 기류가 흘렀다. 그러다 원인이 혼자만의 시간이 부재하기 때문이란 걸 알게 되었고, 그 이후부턴 혼자만의 시간을 가질 수 있도록 서로 배려해준다. 하지만 아이가 있다면 얘기가 달라진다. 혼자만의 여유 있는 시간을 보내기란 불가능할 거다. 우리가 과연 그 시간을 감당할 수 있을까. 난 친구들에 비해 결혼을 늦게 한 편이어서 그들이 육아로 힘들어하는 모습을 지켜봐왔다. 모험을 감행하기에는 난 너무 많은 걸 알아버렸다.

아이 없는 결혼 생활을 설득하기 가장 어려운 대상은 부모님이라고들 한다. 다행히 우리는 부모님과 별다른 갈등 없이 지나왔다. 양가 부모님이 자식의 결혼을 포기할 때쯤 한 늦은 결혼이어서일까, 두 분은 드디어 우리를 치운다는 생각만으로도 좋아하셨다. 결혼 후 한동안은 혹시 우리의 생각이 달라지지 않을까, 내심 기대하시는 눈치였지만(가끔 손녀가 있으면 좋겠다는 얘기를 슬쩍 꺼내며 내 얼굴을 살피셨다. 난 그때마다 대답 없이 씩 웃기만 했다.) 그렇게 한 해 한 해가 지나고, 우리 생각이 변함없음을 확인하시고는 더 이상 말씀하지 않으신다.

가끔 남편과 나를 닮은 아이가 있다면 어떤 모습일까 궁금할 때는 있다.

"얼굴형과 코는 당신을 닮고, 머리 크기와 눈은 나를 닮았으면 좋겠다."
"그 반대로 태어나면 어떡해."

이과생인 남편은 역시 불확실한 확률을 이야기한다. 한 생명을 책임진다는 것은 어마어마한 일이기에 호기심만으로 시도할 수는 없다. 만반의 준비를 갖추어야 한다. 하지만 우리는 그럴 자신이 없다.

흔히 사람들은 이른 은퇴를 한다는 말에 '아이가 없어서 그렇지', '아이가 있는 우리는 불가능해'라고 이야기한다. 하지만 나는 은퇴와 아이가 없는 것은 별개의 문제라고 생각한다. 이른 은퇴란 경제적 여유 대신 삶의 여유를 '선택'하는 일일 뿐이다. 그리고 어떤 삶에 더 행복을 느끼는가는 사람마다 다르다. 모두가 같은 삶을 원하지는 않는다. 그렇기 때문에 아이가 있어도 이른 은퇴를 선택한 사람들은 있다.

《파이어족이 온다》의 저자 스콧 리킨스는 일하느라 아이와 많은 시간을 보내지 못해 우울해하는 아내를 보며 이른 은퇴를 결심했다고 한다. 우리나라에서도 아이가 있지만 은퇴를 결심한 사람의 사례는 뉴스 인터뷰를 통해서도 심심치 않게 찾을 수 있다. 내가 이른 은퇴에 관한 글을 쓰며 알게 된 사람도, 아이가 있지만 30대 후반에 남편과 함께 은퇴를 했다. 물론 흔하게 볼 수 있는 경우가 아니기에 책을 쓰고 인터뷰를 한다고 생각할 수도 있다. 하지만 나는 이른 은퇴 자체가 흔하지 않은 것이지, 아이의 유무와는 상관관계가 없다고 말하고 싶다.

경제적으로 여유 있는 삶을 살면서, 아이도 역시 같은 삶을 누리기를 바란다면 계속해서 열심히 일하는 삶을 살아가면 된다. 난 열심히 일하는 사람들 모두를 존경한다. 직장인은 영혼을 팔아서 돈을 번다는 이야기가 있듯이, 직장 생활을 유지한다는 것은 수많은 인내와 노력이 필요한 일이다. 나 역시 그런 삶을 살아왔다. 그러다 어느 순간 의문이 들었다. 경제적 여유를 위해 삶의 여유를 포기하는 것이 정말 내가 원하는 삶일까 하고. 우리는 오랜 고민 끝에 삶의 여유를 '선택'했을 뿐이다.

설사 우리에게 아이가 있다고 해도, 풍요로운 삶보다는 여유 있는 삶에 대해 알려주고 싶다. 하고 싶은 것을 다 할 수 있도록 지원해주는 것보다 함께 더 많은 시간을 보내고 싶다. 난 어린 시절 경제적으로 그리 여유 있는 삶을 살지는 못했다. 하지만 엄마와 함께 동네를 산책하고, 책을 읽으며 보냈던 그때의 기억을 떠올리면 행복하다. 가지고 싶은 걸 다 가지는 대신 엄마의 사랑을 듬뿍 받으며 자랐다. 사회생활을 돌이켜 보면 그렇게 보낸 시간들로 얻어낸 것들이 공부에서 얻은 것보다 더 긍정적으로 내 삶에 작용해왔다. 그래서 우리에게 아이가 있다 해도 여전히 이른 은퇴를 선택했을 거다. 다만, 예산 계획과 자금 준비는 달라져야 할 테니 준비 기간이 지금보다 좀 더 오래 걸렸을지도 모른다. 즉, 실행까지의 시간과 과정이 조금 다를 뿐, 아이가 있어도 이른 은퇴가 불가능한 것은 아니다.

  아이가 있는 삶도, 일을 계속해서 얻게 되는 경제적으로 여유 있는 삶도 기쁠 것이다. 하지만 우리는 그 기쁨을 얻어내는 과정이 우리에게 맞지 않다고 느꼈고, 그 과정을 참으며 지금을 '희생'하는 대신, 지금 우리가 행복하기 위한 '선택'을 했다. 각자의 시간을 존중하기 때문에 함께하는 시간이 더 즐거운 우리는 아이 대신 서로에게 가장 친한 친구가 되어주기로 했다.

하기 싫은 건
이제 안 하려고요

난 기획자로 일하는 게 어려웠다. 초창기 IT 기획자들은 많은 일을 했다. 사업기획, UX설계, PM의 역할까지 포함해 '기획자'라고 불렀다. 우리는 농담처럼 '개발이랑 디자인 빼고 다 해요'라고 말하곤 했다. 이것저것 많은 일을 하지만 기획자라는 직무는 개발이나 디자인처럼 전문적으로 배워야 할 수 있는 일은 아니다. 기획자는 개발자나 디자이너가 일정 내에 최적의 결과물을 낼 수 있도록 뒷받침하는 역할도 한다. 내 할 일만 잘하면 끝이 아니라 여러 사람의 도움을 필요로 하는 직무라서 사람들과 늘 좋은 관계를 유지해야만 한다. 이렇게 저렇게 신경 쓸 일이 많다 보니 기획자 동료들끼리 모이면 '이 래서 사람이 기술을 배워야 해'라며 자조 섞인 말을 하 곤 했다.

지금은 사업기획, UX설계, PM의 역할이 모두 세분화 되어 있어서 오래전부터 기획을 해왔던 사람들은 이 구 분 속에서 혼란을 느끼기도 한다. 나의 일을 뺏긴 것 같 은 생각도 들면서, 존재의 가치를 증명하는 것에 어려움 을 겪기 때문이다. 대다수가 다양한 기획의 영역 중 어 떤 영역의 전문성을 키워야 할 것인가 고민하면서 어떤 이는 사업기획, 어떤 이는 PM으로 전문성을 키워갔다.

내가 했던 일들을 돌이켜보면 기획자는 사람을 이해 하는 직업이었다. 고객을 이해하고 그들에게 필요한 것 이 무엇인지 관찰하고 분석해서 새로운 서비스를 만들 어내야 한다. 그리고 내가 기획한 서비스의 필요성에 대 해 직장 상사와 동료들을 설득해야 한다. 기획자는 접근 하기는 쉬울지 몰라도 잘 해내기는 어려운 직무이다.

기획이라는 일이 재미 없었던 것은 아니었다. 마음 맞 는 동료들과 함께할 때면 힘든 줄도 모르고 즐겁게 일했다. 하지만 당연하게도 회사에는 마음 맞는 동료들만 있는 건 아니다. 난 누군가와 함께하는 일이 힘들었다. 기획의 업무 중 하나로 서비스 지표나 데이터 분석이 필요한 일도 있는데, 이는 온전히 나 혼자 할 수 있는 일이었다. 분석 업무를 할 때면 마음이 편안했다. 혼자서 몰두하는 일이 내게 더 잘 맞는 것 같았다. 그래서 내가 하고 싶은 서비스를 기획해서 직접 만드는 일을 꿈꿨다. 남편이 개발자니까 내가 기획하면 만들어주지 않을까 하는 기대도 내심 했다.

"남편, 내가 기획하면 당신이 개발해주나?"
"넌 기획이 좋을지 몰라도 난 개발이 싫어서 은퇴하는 거야."
"일로 하는 게 아니라도 싫어?"
"잘하는 개발자들 많아. 나한테는 시키지 마."

남편은 시큰둥했지만 난 포기하지 않았다. 여행 정보를 찾아주는 서비스를 만들고 싶었다. 혼자서 데이터 구

마흔, 부부가 함께 은퇴합니다

축도 하고 기획서를 그려보기도 했다. 하지만 얼마 후 다양한 여행 정보 서비스들이 나왔으니, 역시 사람의 생각은 다 비슷비슷한가 싶었다. 그럼, 내가 흥미를 가진 서비스를 만드는 회사로 이직하면 일이 조금은 덜 힘들까? 아니다. 난 일보다는 일로 사람을 대하는 것이 더 힘들었다. 난 동료들에게 업무상 요청을 할 때마다 긴장했다. 그들의 잘못도 모두 내 탓인 것만 같았다. '내가 미리 챙겼으면 실수를 안 했을 텐데 앞으로 내가 더 잘해야겠다' 이런 마음으로 16년을 살았다. 어디를 간다 해도 힘든 건 크게 다르지 않을 거다.

내가 원하지 않는 일도 회사가 시키면 할 수밖에 없었다. 나도 설득되지 않는 서비스를 기획해서, 내가 하고 싶다고 거짓으로 믿으면서, 동료들에게 이게 얼마나 좋은 서비스인지를 설득해야 했다. 나부터 하고 싶지 않은 일의 논리를 만들어야 하니 논리가 빈약할 수밖에 없었다. 회의 때 동료들은 이걸 도대체 왜 해야 하냐며 나에게 화를 냈다. '아, 나도 하기 싫어 죽겠는데, 욕까지 먹어야 하네…. 나도 누군가에게 그렇게 화를 내봤으면 좋겠다.' 그렇게 억눌러온 수많은 시간들이 나를 차츰 병들게 했다.

직장인이라면 누구나 한 번쯤은 원하지 않아도 회사가 시켜서 어쩔 수 없이 해야 했던 일들이 있을 것이다. 그럴 때마다 퇴사 후 내가 원하는 일을 하는 모습을 떠올려본다. 하지만 웹툰 〈미생〉의 명대사 "회사 밖은 지옥이다"라는 말을 떠올리며, 경험해보지 못한 세상에 대한 괜한 공포심도 함께 든다. 나 또한 막연한 두려움을 가지고 있었다. 하지만 돈을 많이 벌겠다는 생각만 버리면 어려울 것이 없다. 내가 하고 싶은 일을 하면서 적당한 돈벌이를 한다면 좋겠지만, 그러지 못한다 해도 두려워할 필요는 없다. 직업에 대한 편견만 버린다면, 세상에 할 수 있는 일들은 많이 있다. 모든 일은 마음먹기 나름이다.

이제, 하기 싫은 일은 더 이상 안 할 거다. 나 혼자서 몰두할 수 있는 일을 찾아 천천히 해볼 생각이다. 새로운 배움이 조금은 두렵기도 하다. 처음부터 다시 시작하는 거니까. 한동안은 마음이 바쁠 각오도 해야 한다. 왜

마흔, 부부가 함께 은퇴합니다

바로 성과가 없느냐고 나 자신을 다그치게 될 수도 있다. 그땐 나에게 지금껏 살아온 만큼의 긴 시간이 있다고 다독여줘야지. 나를 위해 몰두하는 시간들이 쌓여 더 괜찮은 내가 될지도 모른다.

2장

은퇴,
그 말의 무거움

불안관리 편

은퇴 결심 후에도
불안했던 진짜 이유 ....

　은퇴 날짜를 정한 이후부터 난 불안해졌다. 수시로 은퇴자금을 계산한 스프레드시트를 들여다보면서 예상 저축 금액을 조금씩 바꿔도 봤다. '한 달에 이만큼만 더 모으면, 여유가 좀 더 생길까…? 1년이라도 더 일하면 괜찮지 않을까?' 하지만 들여다본다고 해서 없던 돈이 솟아날 리 없다. 반면 남편은 태평했다. 시간이 너무 안 간다고 했다. "난 원래 마흔 은퇴가 목표였잖아. 난 내 계획보다 훨씬 오래 회사에 다니고 있는 거야"라면서 의기양양했다. 삶에는 다양한 변수가 있다. 주거래 은행의 부도로 자산을 잃을 수도 있고, 집값이 폭락할 수도 있다. 이미 2008년의 경험이 있지 않은가. 게다가 둘 중 누군가 아프기라도 하면 병원비나 감당할 수 있을까? 머릿속으로 최악의 시나리오를 그려봤다. 모든 변수에 대응할 준비를 하고 은퇴해야만 할 것 같았다.

난 불안한 마음을 덜기 위해, 친한 사람들에게 마흔에 은퇴할 거라고 선언하고 다녔다. 사람들의 반응을 살피며 내 생각을 정리하고 싶었다. 하지만 사람들은 나의 은퇴 결심을 그리 진지하게 생각하지 않았다. 일을 좋아하는 친구는 "난 일 안 하고 살면 지루해서 힘들 거 같은데"라며 내 결심이 변할 거라고 했다. 주식으로 큰 부를 이룬 동료는 "돈 쓰기 시작하면 10억도 금방 써요~"라며 월급 없이 모은 돈을 까먹고 사는 것에 대한 불안함을 이야기했다. 나도 마음속에 늘 지닌 불안이었다.

그렇게 불안해하다가도, 산 입에 거미줄 치겠냐며 방법이 있을 거라 막연히 긍정 회로를 돌려보기도 했다. 그런 불안감을 안고 있을 때, 난 회사에서 새로운 프로젝트를 시작했다. 나에게 쌓인 일들이 많았다. 주말을 제외하고는 남편과 제대로 대화할 시간도 없을 만큼 바빴다. 쉬지를 못하니 몸에서 쉬고 싶다는 신호를 보내왔다. 스트레스성 장염에 걸려 새벽에 응급실에 가야 할 만큼 아팠던 날, 병원 침대에 누워 있는 나를 보며 남편이 말했다.

"넌 왜 그렇게 아플 때까지 일해?"
"그럼 할 일이 많은 걸 어떻게 해."
"네가 할 수 있는 만큼만 해야지. 다 너처럼 일하지는 않아."
"..."

일하기 싫은데 억지로 하는 건 아니었다. 일을 마무리하다 보면 시간이 훌쩍 지나가 있었다. 주변을 돌아보면 어두운 사무실에 나 홀로 남아 있는 날들이 많았다. 일이 많으니 어쩔 수 없다고 생각했는데, 아니다. 조금 더 잘하고 싶은 내 욕심 때문이다. 난 왜 몸이 아플 때까지 참아가면서 일을 할까? 내가 일한 만큼 정당한 대가를 받고 있긴 한 걸까? 생각이 많아졌다.

뛰어난 능력을 가진 동료들에 비해 난 그저 평범했다. 하지만 평범함에서 조금 다른 한 가지를 더하면 특별함이 될 수 있다고 믿는 사람이었다. 난 그 한 가지를 더하기 위해 늘 애썼다. 덕분에 연말 평가 결과도 좋았고, 회사에서 나름 인정받으며 일하고 있었다. 문득 그런 생각이 들었다. '내 적성에 맞지 않는다고 생각했던 일도 이만큼 하고 있다. 만약 내가 지금 회사에 쏟는 시간을 하고 싶은 일을 위해 쓴다면, 은퇴 이후의 긴 시간도 지루하지 않고 적당한 돈벌이도 할 수 있지 않을까?'

취업 후 지금까지 내가 아닌 회사를 위해 살았다. 회사와 나를 분리해서 생각하지 못하고, 프로젝트의 성공을 나의 성공으로 착각하며 보냈다. 이제부터 회사와 나 사이에 거리를 두기로 했다. 인생 100세 시대라는데, 적성에 안 맞는 일을 하며 그 긴 시간을 아깝게 보낼 수는 없다. 인생 1부는 마흔에 마무리하고, 2부는 내가 좋아하는 일을 하며 살아도 괜찮지 않을까? 은퇴가 끝은 아니지 않은가!

은퇴 결심 이후, 아직 닥치지 않은 수많은 변수들을 떠올리며 불안감이 드는 건 어찌 보면 당연한 일이다. 마흔에 이른 은퇴를 한다는 건 평범한 삶과 크게 차이가 있다. 다들 회사 때려치우고 싶다고 농담처럼 말은 하지만, 실제로 은퇴하는 사람은 주변에 많지 않다. 이른 은퇴란 정해진 경로를 벗어나는 일이다. 내 불안은 '은퇴 자금'보다는 앞으로 남들과 조금 다른 삶을 살아가야 한다는 '상대적 상황' 때문인지도 모른다. 응급실을 다녀온 후 아픈 배를 부여잡고 멍하게 누워 있으면서 뜻밖에 고민이 해결되었다. 내 불안의 '원인'은 아직 일어나지 않은 일이다. 미리 걱정한다고 해서 달라질 것은 없다.

"남편, 나 정도로 열심히 살면 뭘 해도 잘하지 않을까?"
"그럼! 걱정하지 마. 난 마누라 하나만 믿고 결혼했어."

엄마,
나곧회사그만둘거야 ....

　엄마는 내가 능력 있는 여성이 되기를 바랐다. 아빠는 내가 고등학생일 때 뇌출혈로 쓰러졌다. 응급으로 진행된 첫 수술 후에도 아빠의 출혈은 계속되었다. 아빠는 그 큰 수술을 두 번이나 해야 했고, 대학병원 중환자실에 누워 오랜 시간을 보냈다. 그때 엄마는 전업주부였고, 언니와 나는 아직 학생이었다. 아빠가 누워 있는 동안 우리 집에서 돈벌이를 하는 사람은 아무도 없었다. 비싼 병원비는 감당하기 어려웠고, 엄마는 아무것도 못한 채 발을 동동 굴러야 했다. 그때마다 엄마가 이야기했다.

"넌 엄마처럼 살지 마. 남편에 기대지 말고 너 스스로 능력 있는 사람이 돼."

난 고등학교를 졸업하고, 당연한 순서로 여기며 대학에 입학했다. 친척들은 "아빠가 아픈데 대학이라니, 돈이나 벌지"라는 얘기를 했다. 하지만 엄마는 우리가 대학을 졸업하고 좋은 회사에 취직해서 능력 있는 사람이되길 바랐다. 아빠로 인해 우리가 희생하는 것을 원하지 않았다. 병원비도 감당하기 어려운 집안 사정에 등록금까지 지원받을 수는 없었다. 난 4년 동안 학비 중 일부는 장학금을 받았고 모자라는 돈은 학자금 대출로 채웠다.

엄마는 어려운 상황에서도 늘 긍정적이었다. 우리 가족은 힘든 시간을 보냈지만 그 시간을 괴로워하지는 않았다. 엄마는 "아빠가 아프니까 아기같이 귀여워"라고말하며 아빠를 보살폈다. 우리 가족은 아빠가 살아계신것에 감사하며, 사랑하며 그렇게 그 시간을 보냈다.

언니와 나는 대학을 졸업하고 둘 다 꽤 괜찮은 회사에취직했다. 우리는 엄마의 바람을 이룬 듯 보였다. 엄마는 공부 대신 취직이나 하라고 말했던 친척들에게 보란 듯이 우리를 자랑했다. 그렇게 나를 자랑스러워했던 엄마에게 은퇴를 하겠다고 말해야 했다.

난 늘 엄마가 바라는 대로 살아온 딸이었다. 크게 엇나간 적이 없었기에 엄마는 내가 하는 일에 간섭하지 않았다. 알아서 잘하겠거니 생각하셨던 것 같다. 난 은퇴를 생각한 지 오래 지나지 않아 엄마에게 내 결심을 말했다. 엄마는 처음 1, 2년간은 시간이 지나면 내 결심도 변할 거라 생각했던 것인지 강하게 반대하지는 않으셨다. 하지만 시간이 지나도 변함이 없자 엄마의 걱정이 서서히 시작되었다.

"난 네가 하고 싶은 거 다 하면서 행복하게 살았으면 좋겠어."
"엄마, 나 더 행복해지려고 은퇴하는 거야."

"사고 싶은 것도 돈 없어서 못 살 거 아니야."
"필요한 건 다 샀어. 나 물건에 별로 욕심 없어."

"네가 그렇게 좋아하는 여행은 어떡해?"

"여행 다닐 돈은 다 모으고 은퇴할 거야. 은퇴하면 여행 더 잘 다니지~"

"아프면 어떻게 하려고 그래?"

"회사 더 다니다 병날 거 같아. 엄마 나 요즘 회사에서 숨도 못 쉬겠어."

은퇴에 대해 남편과 자주 대화를 주고받아서일까, 은퇴에 대한 어떤 염려 어린 질문에도 대답할 준비는 되어 있었다. 엄마의 물음에 준비되지 않은 대답은 없었다. 그래도 틈만 나면 엄마는 조금만 더 다니라고 나를 설득하려 했다. 하지만 내가 오랜 시간 같은 말을 반복한 게 효과가 있었나 보다. 시간이 지날수록 엄마는 나의 은퇴를 받아들이시는 모양이다.

엄마와 2년에 한 번은 모녀 여행을 떠났다. 언니와 휴가 날짜를 맞추고, 함께 여행지를 정했다. 둘이 휴가 날짜를 맞추기가 어려워 행선지는 늘 짧게 다녀올 수 있는 동남아였다. 엄마는 늘 이 여행을 기대했다. 주변에 은근 자랑도 하는 눈치였다.

"너 은퇴하면 돈 없으니, 이제 모녀 여행은 언니랑만 가야 하나?"
"모녀 여행 다닐 돈은 내 비자금으로 마련해놨어."

드디어 엄마가 인정한 듯했다. 모녀 여행 가야 하니 은퇴하지 말라는 말이 아니라, '넌 이제 돈 없어서 못 가지'라고 약을 올리려 했던 것이다.

시댁에는 남편이 말했다. 남편은 나처럼 사전 준비가 없었다. 어느 주말, 어머님이 집에 와서 점심 먹고 반찬 좀 가져가라고 할 때를 노렸다. 점심을 끝내고 후식을 먹고 있을 때였다.

"엄마, 나 곧 회사 그만둘 거야."
"갑자기 왜, 회사에서 뭐라고 그래?"

남편은 차분히 은퇴 계획을 말씀드렸다. 우리 계획을 다 들으신 어머님은 단호하셨다.

"잔말 말고, 쉰까지는 더 다녀. 너 모은 돈 쓰는 거 순식간이야."

그 후 시댁에 찾아갈 때마다 은퇴 계획을 이야기했지만, 어머님은 계속 우리를 타일렀다. 하지만 남편은 원래 부모님 말씀을 잘 듣는 아들이 아니었다.

"나 그만둔다고 회사에 얘기했어."

그냥 저지르는 것이 남편의 방식이었다. 어머님은 곧 익숙한 듯 포기하셨다. 부모님의 걱정은 충분히 이해가 된다. 그러실 만하다. 모두가 정년퇴직 때까지 회사에 있길 바라고, 안정적인 직장 생활을 위해 공무원이 되는 걸 꿈꾸는 시대다. 그런데 멀쩡한 직장을 다니는 자식이 그만두겠다고 하니, 걱정되시는 게 당연하다. 어떤 준비된 대답을 해도 그 염려가 쉽게 가시지는 않을 거다. 하지만 부모님이 원하시는 대로 계속 살 수는 없다.

은퇴를 위한 준비는 되어 있다. 내가 말하는 은퇴는 끝이 아니라 새로운 시작이다. 은퇴 후 잘 사는 모습을 보여드리면 달라질 거라고 믿는다.

병원비 걱정 따위는
운명에 맡기자 ·····················

은퇴를 결정하고 나의 가장 큰 걱정거리는 건강이었
다. 아직은 젊어서 병원비가 거의 들지 않지만, 더 나이
가 들면 여기저기 아픈 곳이 생길 거다. 일생 동안 드는
병원비 중 대부분이 75세 이후에 집중된다고 한다. 연금
으로 생활하고 있을 때 둘 중 누가 크게 아프기라도 하
면 병원비를 감당할 수 있을까, 걱정이 됐다. 둘 다 흔한
암보험 하나 가입한 게 없었다. 벌써부터 75세 이후의
병원비를 고민하는 나에게, 남편이 말했다.

"너 지금처럼 계속 일하다가는, 정년퇴직할 나이가 되

기도 전에 아프겠다."

"그러네, 퇴사하고 스트레스 안 받는 게 병원비 더 적게 들겠어."

우리는 병원비 걱정 따위는 운명에 맡기기로 하고, 실손보험만 들기로 했다. 치료비만 어느 정도 보전해도 어딘가 싶었다. 대신 건강한 삶을 살자고 했다. 이참에 생활 습관을 한번 되돌아봤다. 우리는 건강하게 살고 있는 걸까?

우선, 식습관은 건강한 편이다. 배부른 느낌을 싫어해서 둘 다 과식하지 않는다. 특별히 가리는 것 없이 골고루 잘 먹는다. 하지만 맞벌이라 외식을 자주 하는 편이고, 밤마다 술과 함께 야식을 먹는다. 외식이 좋아서 즐기는 것은 아니고, 시간이 없으니 외식 말고는 다른 선택지가 없는 거다. 은퇴 후 시간적 여유가 생기면 직접 만들어 먹게 되지 않을까? 게다가 남편은 요리를 좋아하니 걱정 없다.

그가 처음 만든 요리는 감자전이었다. 연애 시절, 난

엄마가 해주는 감자전이 세상에서 제일 맛있다고 했다. 그 얘기를 듣고 요리를 해본 적 없던 남편이 강판에 손을 갈아가며 감자전을 만들어줬다. 감자전은 손이 많이 가는 음식이다. 남편은 힘들게 만든 음식을 맛있게 해치우는 나를 보며 "먹는 것만 봐도 배부르다는 말이 이해가 되네"라고 말했다. 은퇴를 하면 남편이 해주는 건강한 집밥을 먹을 수 있을 것이다.

그리고 우리는 틈날 때마다 함께 운동을 한다. 평일은 하루 종일 회사에 찌들어서 출퇴근하며 걷는 게 전부지만, 주말이면 집 근처 공원을 10km 정도 걷거나 등산을 한다. 하지만 주말에 몰아서 하는 운동이다 보니 출근하기 전날 밤이 되면 몸이 무겁다. 꾸준히 하면 익숙해져서 괜찮아질 줄 알았는데, 아니었다. 주말에 체력을 보강하고 힘내서 다음 주를 살아가는 게 아니라 주말에 남은 체력까지 다 소진하는 기분이다. 그렇다고 그만둘 수도 없는 게, 공원이나 산을 다녀오면 몸은 힘들지 몰라도 마음은 편안하기 때문이다. 주말만 되면 남편에게

"나 녹색이 보고 싶어"라고 말했다.

"난 고양잇과인데, 부인 잘못 만나서 매일 밖에만 쏘
다니네 그냥."
"당신도 산책 좋아하잖아."
"무슨 소리야. 집에서 뒹굴뒹굴하고 싶은데 그냥, 마
누라 산책시키러 나가야 하고 힘들어 죽겠어."

그냥 하는 말이다. 남편은 나만큼이나 집에 가만히 있
는 걸 못한다.

이렇게 주말마다 하는 등산의 진짜 즐거움 중 하나는
산을 내려와서 먹는 해물파전과 막걸리 한잔에 있다. 그
즐거움이 좋아서 처음 산행을 시작할 때는 남편에게 '전
국 막걸리 기행'을 가자고도 했었다. 전국에 유명한 산
을 오르고, 내려와서는 지역 막걸리 한잔을 찾아 떠나는
여행! 생각만 해도 괜찮은 테마 여행 같았다. 하지만 나
의 꿈은 몇 번 실현하지 못했다. 주말에 먼 곳으로 등산
을 가는 건 어려웠다. 일찍 일어나서 장거리 운전 후 등

산까지 하는 건 쉽게 행동에 옮겨지지 않았다. 우리는 대신 동네 산을 찾았다. 마침 자주 가는 등산 코스 아래에 맛있는 전집이 있었다. 지글지글 끓는 무쇠판에 담긴 해물파전은 언제 먹어도 맛있었다. '전국 막걸리 기행'은 은퇴 이후로 미뤄야겠다.

　남편은 은퇴하고부터 달리기를 시작했다. 처음 달리기를 시작했을 때는 하루 종일 아무것도 못한 채 시들어 지내는 듯했는데, 매일 5km씩 쌓아가더니 몸에 눈에 띄는 변화가 나타나기 시작했다. 우선 몸무게가 5kg이나 줄었다. 남편은 원래 몸무게 변화가 거의 없는 사람이다. 찌지도 빠지지도 않았다. 결혼 후 야식 때문에 나는 4kg이나 늘었을 때도, 남편은 그대로였다. 똑같이 먹었는데도 내 몸집만 커지는 게 조금은 억울했다. 그런데 거기서 5kg이 더 빠지다니. 배에 11자 복근도 생겼다며 자랑했다.

　남편은 목과 허리 통증을 달고 살았었다. 샤워를 하다가도, 자다가 일어나서도 목에 담이 걸려 움직이질 못했다. 그런데 달리기를 시작한 이후엔 통증이 사라지고, 체력도 좋아졌다고 한다. 옆에서 보기에도 이전보다 확실히 건강해 보인다. 햇볕에 타서 피부가 검게 그을렸지만, 좀 더 맑아진 느낌이랄까.

지금 나에게 가장 큰 건강 문제는 숨쉬기다. 조금만 스트레스를 받아도 숨을 쉬지 않고 있는 나를 발견하곤 한다. 매일 롤러코스터를 타는 것처럼 심장이 쿵 하고 떨어진다. 달리기를 하면 스트레스도 해소되고 심폐 능력도 좋아진다고 하니, 이 문제도 곧 해결될 것 같다. 평생 함께 달릴 러닝메이트도 있으니, 스트레스 없이 매일 운동하고, 집밥을 먹고, 술을 줄인다면, 더 나이가 들어서도 건강하게 지낼 수 있지 않을까?

좋아하는 일들을
다 잘하지는 못해도 ··················

　회사 생활은 한 해 한 해가 버거웠고, 은퇴 이후의 삶은 막연했다. '조금이라도 돈을 더 모아야지', '돈이 많으면 은퇴 이후에도 괜찮을 거야'라고만 생각했지, 은퇴 이후 어떻게 하루를 보내야 행복할까 하는 생각은 깊이 해보지 못했었다. 돈이 많다고 해서 행복한 시간을 보낼 수 있는 건 아닐 것이다. 그래서 난 내가 좋아하는 일들을 하나씩 떠올려보기로 했다. 그것이 잘하는 일이 아니더라도 상관없었다. 돈을 벌기 위한 일이 아니라 은퇴 후 행복하게 지내기 위한 일을 찾는 것이니까.

그림을 잘 그리고 싶었다. 학창 시절엔 미술 시간을 좋아했는데, 명작을 감상하며 선생님의 설명을 듣는 것도 흥미로웠고, 실습 시간도 즐거웠다. 하지만 점수를 잘 받는 필기시험에 비해 실기시험은 늘 망쳐서 점수를 까먹곤 했다. 그림을 잘 그리는 사람들이 부러웠다. 그들은 대충 선을 쓱쓱 긋기만 해도 그럴듯해 보였다. 배우지 않으면 그대로일 것 같아 스케치 학원도 다녀봤다. 그림 그리기의 기본은 선 긋기라는 선생님의 말에 따라, 수업 시간 내내 스케치북에 '선만' 그었다. 난 기본을 다지는 일에 지쳐 곧 배우기를 그만두었다.

　　《여행의 기술》에서 저자 알랭 드 보통은 여행을 기억하기 위한 방법으로 '스케치'를 추천한다. 나의 스물아홉 살 생일을 자축하며 파리로 혼자 여행을 떠났을 때, 난 보통 씨의 추천을 떠올리며 간단히 스케치할 도구를 챙겼다. 파리의 숙소는 오페라하우스 근처의 한인 민박집이었다. 좁은 4인 도미토리에 캐리어를 구겨 넣고, 센강을 찾아 걸어갔다. 걷다 보니 퐁네프 다리가 보였다. 다리에 앉아서 풍경을 찬찬히 스케치하기 시작했다. 디테

일한 묘사는 꽤 오랜 시간이 필요해 금세 지쳤고, 간단히 그린 그림은 유치했다. 잘 그리질 못하니 여행 스케치는 한두 번 하다 말았다. 은퇴 후 다시 그림을 시작하면, 이제는 지치지 않고 잘할 수 있을까?

악기 하나 정도는 잘 다루는 사람도 되고 싶었다. 초등학생 때 피아노를 배웠었는데, 손이 작은 편이라 제대로 건반을 치기 어려웠다. 그래서 체르니 30을 배울 때쯤 피아노에 대한 흥미를 잃었다. 대학 때는 통기타 동아리에 들어갔었다. 간단한 '연가' 연주 정도는 가능했으나 F코드가 들어간 곡은 제대로 음을 낼 수 없었다. 내가 치는 기타는 둔탁하게 퉁퉁 치는 소리만 났다. 선배들은 답답해했고, 나도 기타로 맑은 F코드 음을 내는 건 포기하게 되었다. 회사 동료들과 함께 클래식 기타를 배운 적도 있었다. 기타 선생님은 내 손이 작은 편이라 손 크기에 맞는 기타가 있으면 좀 나아질 거라고 했다. 기타 제작 업체도 추천해주었다. 하지만 내 손에 맞는 기타를 갖게 된 후에도 실력은 늘지 않았다.

"연주에 감성은 있는데, 여전히 제대로 코드를 못 잡네요."

프로젝트로 바빠진 뒤엔 그마저도 일을 핑계로 그만두었다. 지금 그 기타는 장식용이 되어버렸다. 그래도 연주에 감성은 있다고 했으니, 다시 도전해볼 법하지 않을까?

집에서 독립하면 직접 요리를 만들어 먹고도 싶었다. 요리 프로그램을 보면 요리가 재밌는 놀이 같아 보였다. 게다가 그 결과물로 맛있는 음식까지 먹을 수 있으니 시도하지 않을 이유가 없었다. 서른, 드디어 집에서 독립한 나는, 예쁜 주방 기구를 사들였다. 요리할 의욕이 넘쳐흘렀다. 난 당시 남자친구였던 남편을 초대해 인도식 커리를 대접했다.

"너무 매워서 못 먹겠어, 미안."

남편은 한두 숟갈 떠먹다 더 이상 먹지 못했다. 레시

피에 소개된 정량보다 커리가루를 조금 더 넣었을 뿐이라 생각했는데 이렇게 매울 줄은 몰랐다. 이후에 칼국수, 김치찌개 등 몇 번 더 내가 만든 요리를 선보였으나 남편은…

"요리는 그냥 내가 할게."
"넌 기획자 안 했으면 어쩔 뻔했어."

어쩜 이리 손재주가 없는지. 난 그림, 음악, 요리 등 좋아하는 일만 많고 잘하는 것은 하나도 없었다. 그래도 은퇴 후에는 다시 요리에 도전해보려고 한다. 레시피를 제대로 따라하다 보면 내 요리 실력도 조금은 달라질 거라 믿으며…!

그리고, 마지막은 글쓰기. 엄마는 내가 어릴 때 하던 말들이 참 예뻤다고 했다. 지금도 가끔 어릴 때 내가 했던 말을 들려주며 추억에 잠긴다.

"엄마, 엄마! 나 하늘 만지고 왔어."

"응? 하늘을 어떻게 만졌어?"

어린 내가 조그만 손으로 엄마의 치마를 잡아끌고 데려간 곳에는, 비 온 후 길이 움푹 팬 곳에 빗물이 살짝 고여 있었다고 했다.

"엄마, 엄마 저기 봐~ 하늘 있잖아? 그치? 이렇게 만졌어."

바람 없이 잔잔하던 날 땅에 고인 빗물에는 마치 거울처럼 푸른 하늘이 선명하게 비치고 있었다. 엄마는 빗물을 휘저으며 하늘을 만졌다고 생각하는 그 말이 참 예뻐서, 아직도 그때 내 모습이 생생하다고 했다. 초등학교 때까지는 그 감성이 남아 있었나 보다. 초등학교 담임선생님이 엄마를 불러다 아이의 표현이 남다르니 잘 키워주면 좋겠다는 말도 들었단다. 이제 완전히 어른이 되어 버린 나에게 그때 그 마음이 아직 남아 있을까.

스물아홉 선물이었던 파리 여행에서 가장 좋았던 기

마흔, 부부가 함께 은퇴합니다

억은 튈르리 정원 산책이었다. 햇살 좋은 곳에 편해 보이는 초록색 철제의자를 발견하고, 그곳에 앉아 공원을 달리는 사람들, 소풍 온 아이들을 가만히 구경했다. 그리고 내가 보는 풍경과 그때의 감정을 적어나갔다. 별다른 걸 하지 않았는데, 파리 여행 중 그 기억이 가장 선명하다. 글 잘 쓰는 사람이 되고 싶다. 김영하 작가의 말처럼 내 안에 숨어 있는 어린 예술가가 아직 살아 있을지 찾아보고 싶다.

내가 좋아하는 일들을 다 잘하지는 못한다. 하지만 나에게는 지금껏 살아온 만큼의 시간이 남아 있으니, 수없는 시도와 시행착오를 거쳐 적어도 한 가지쯤은 잘하게 되지 않을까. 아니 잘하지 못해도 상관없다. 그 아쉬움은 하나둘 새로운 경험으로 즐겁게 덧씌워질 테니까. 내가 좋아하는 일은 그 과정만으로도 은퇴 후의 삶을 풍요롭고 행복하게 만들어줄 테니까.

마흔에 가지는
갭이어 ∙∙∙∙∙∙∙∙∙∙∙∙∙∙∙∙∙∙∙∙∙ ✹

남편은 은퇴 후 혼자 운영하는 작은 식당을 꿈꾸었다. 하지만 그즈음 은퇴 후 장사하다 망한 사람들 이야기, 우리나라에는 자영업자 비중이 너무 높다는 뉴스 기사들이 쏟아져 나왔다. 이전에는 그냥 넘겼던 기사들을 꼼꼼히 읽어보며 우리라고 다를까 걱정이 되었다.

"여기 봐, 장사할 돈으로 차라리 굶어 죽지 않을 정도로 아껴 쓰래…."
"우리가 남들보다 자신 있게 잘하는 게 없으니 걱정이긴 해."

남편과 자주 찾던 집 근처 주꾸미 집이 얼마 전 북카페로 바뀌었다. 오픈 이후 줄 서서 먹던 대만식 샌드위치 집도 지금은 약국이 되었다. 제대로 요리 한번 해본 적 없는 우리가 과연 음식 장사를 제대로 할 수 있을까? 그동안 막연히 '은퇴하면 장사를 해야겠다' 생각했는데, 어디서 나온 오만일까 싶다.

회사 안에서도, 기존 서비스를 개선하는 것보다 새로운 서비스를 만드는 게 훨씬 힘든 일이었다. 법무검토, 구매, 계약 등 고려해야 하는 것들이 많고, 이를 처리하는 유관 부서와 하나하나 협의해 가면서 준비해야 했다. 신규 서비스 출시 전이면 혹시나 사전 검토를 빼먹은 건 없을까 두려워하며 밤에 잠도 못 이룬다. 하지만 회사는 이를 처리해주는 유관 부서라도 있지, 장사를 한다면 그 모든 걸 내가 직접 책임져야 한다. 생각해보면 지금까지 우리는 내가 담당한 일 외에는 신경 쓰지 않아도 되었으니 회사라는 온실 속의 화초처럼 일해온 셈이다.

은퇴 후 돈을 벌 방법에 대해 좀 더 현실적으로 생각

해보기로 했다. 처음 한 생각은 프리랜서 기획자다. 내가 하고 싶은 일을 하겠다며 은퇴를 결심했지만, 기획은 어찌되었든 지금의 내가 가장 잘할 수 있는 일이다. 사회에서의 내 인맥도 대부분 여기에 있다. 프리랜서 기획자로 어느 정도 커리어를 이어나갈 수 있지 않을까 하는 생각이 들었다.

"나 프리랜서 기획자로 계속 일하면 어떨까?"
"너 하고 싶으면 계속 해. 근데 프리랜서로 기획할 거면 회사를 더 길게 다니는 게 낫지 않아?"

남편의 말처럼 프리랜서는 회사 소속으로 일하는 것보다 더 어려울지도 모른다. 하지만 회사에서 더 오래 일해야 한다고 생각하면 숨이 막혔다. 난 회사 안의 기획자 역할이 힘들었다. 적성에 맞지 않는 일을 10년 넘게 해오고 있었다. 계속된 야근으로 건강을 잃은 지 오래고, 스트레스 받을 때마다 숨을 참는 버릇까지 생겼다. 시시때때로 찾아오는 두통에서도 이제는 벗어나고 싶었다. 난 은퇴를 결심한 뒤로, 회사에서 힘들 때마다 "빨리 마흔이 되면 좋겠어!"라고 속으로 외쳤었다.

내가 하고 싶은 일이 뭔지 깊게 고민도 하지 않고 시작한 사회생활이었다. 회사에서 은퇴만 하면 하고 싶은 일을 하게 될 거라고 막연히 생각했지만, 그 하고 싶은 일을 찾는 것은 쉽지 않았다. 좋아하는 일이 많아도, 그 중에 어떤 것이 나의 일이 될지 선택하는 것은 어렵다. 문득 고등학교 졸업 이후 가진다는 갭이어Gap year를 은퇴 이후 마흔에 보내는 것은 어떨까 하는 생각이 들었다. 갭이어를 보내면서 하고 싶었던 일을 조금씩 하다 보면 내 적성에 맞는 일을 찾을 수도 있을 것이다. 회사에서 재충전하라고 주었던 안식휴가처럼 내 인생에도 갭이어 가 필요했다.

"당신은 은퇴하면 무슨 일 하고 싶어?"
"가정주부?"
"이제 그건 같이 하는 거고, 일 말이야."
"작곡? 음원 저작권료로 돈을 버는 거지. 너는?"

"작가?"

우리가 은퇴 후 하고 싶어 하는 일은 뜬금없었다. 전혀 해본 적 없는 작곡가에 작가라니, 둘 다 그다지 재능은 없어 보인다. 갭이어가 아니라 그냥 계속 놀자는 이야기 같다. 그때 남편이 말했다.

"최소한의 생활비로 산다면? 우리가 모은 돈으로 어느 정도 살 만하지 않을까?"
"하고 싶은 일을 하면서 돈을 벌면 좋고, 못 벌어도 모은 돈이 있으니 괜찮겠네."

돌이켜 보면 어린 시절에는 꿈이 참 많았다. 커가면서 "좋은 학교에 가서 안정적인 직장에 취직해야지"가 인생의 목표처럼 되어버렸고, 회사에서 10여 년 세월을 보내면서 난 어느덧 회사 일 말고는 잘하는 것 하나 없는 사람이 되어 있었다. 뭐 하나 잘하는 것 없는 내가, 하고 싶은 일을 하면서 밥벌이까지 할 수 있을까? 회사는 신입

사원이 업무를 배우는 기간에도 월급을 주지만, 프리랜서라면 다르다. 그래서 우리는 은퇴 후에 쓸 최소한의 생활비를 모으고 은퇴하는 것으로 생각을 바꾸었다. 은퇴 목표까지는 아직 몇 년이 남아 있으니 어쩌면 할 수 있을지도 모른다. 그리고 우리가 하고 싶은 일들이 조금은 뜬금없을지라도 그냥 한번 해보는 것이다. 은퇴는 우리 인생의 프리 선언이었다.

3장

금융맹 부부의
은퇴 준비

자금계획 편

금융맹
탈출을 위한
네 가지

월급날이 그리 기쁘지 않았다. 결혼 전에는 온전히 내가 쓰는 돈이었는데, 결혼 후에는 대출을 갚고, 생활비로 쓴 카드값으로 빠져나갔다. 나에게 허락된 돈은 용돈뿐. 이전에는 용돈이란 한 달 안에 다 쓰는 돈이었으나, 지금은 용돈을 남긴다. 나의 통장에 어느 정도 여유롭게 돈이 쌓여 있었으면 해서다. 남은 용돈은 그렇게 통장에 쌓여만 있다. 난 남은 돈을 모으는 방법으로 자유 적금을 선택했다. 남편도 나와 크게 다르지 않았다. 우리는 금융에 무지했다. 곧 은퇴도 할 텐데 계속 이렇게 은행에 쌓아두기만 해도 되는 걸까.

투자에 대해 고민하고 있을 무렵, 회사에서 금융맹 탈출 강의를 한다고 했다. 점심시간을 이용해 남편과 함께 그 강의를 들었다. 강의는 재무설계와 현금흐름 관리, 투자자산 포트폴리오의 이해, 은퇴 설계와 최적의 연금계획, 합리적인 보험의 구입과 활용, 이렇게 4주 차로 구성되어 있었다.

미션 1. 재무설계와 현금흐름 관리하기

재무설계를 위해서는 우리의 '수입과 지출부터 파악'해야 했다. 그리고 앞으로의 라이프 사이클에 맞추어 재무 목표를 수립해야 했다. 우리의 경우 은퇴자산을 모으는 것이 가장 큰 재무 목표였다. 강사는 지출을 효과적으로 하기 위해 통장을 쪼개서 관리하라고 했다. 소비계좌와 저축계좌, 비상금 관리 계좌를 구분하라는 것이다. 우리는 그동안 월급을 받으면 각자의 용돈을 제하고 생활비 통장으로 보냈었다. 생활비 계좌 하나로 모든 돈을 관리하다가 강의를 듣고 여행비 계좌와 여윳돈 관리 계좌를 새로 만들었다. 여행을 가면 평소보다 지출이 늘어

나니 미리 여윳돈을 떼서 관리하는 게 나을 것 같았다. 여행을 가지 않으면 통장에 돈이 쌓였다. 그렇게 쌓인 여행비 계좌 한도 내에서 여행을 계획하니, 불필요한 지출을 줄일 수 있었다.

현재의 수입과 지출을 파악한 다음엔 '비효율적인 지출을 제거'해야 한다. 비효율성을 제거하기 위해서는 보험과 대출을 리모델링하는 것이 필요하다. 우리는 자동차 보험 외에는 가입한 보험이 없었고, 결혼하면서 받았던 전세금 대출은 거의 다 갚아가고 있었다.

"우리는 비효율적으로 지출하는 게 없네!"
"너 스트레스 받을 때마다 사 먹는 소고기 값은?"
"은퇴하면 스트레스 안 받을 테니 괜찮겠지. 그 정도는 써도 괜찮지 않아?"

하지만 가끔 스트레스 해소를 위해 낭비성으로 지출하는 돈은 아낄 필요가 있었다.

미션 2. 투자자산 포트폴리오 이해하기

투자자산 포트폴리오를 수립하는 일이 우리에게는 가장 어려웠다. 유동성과 안정성, 수익성을 고려해 단기, 중기, 장기 전략을 수립해야 했다. 단기 전략은 투자보다는 CMA나 적금, 채권형 펀드와 같은 저축을 우선하고, 중기 이후 전략부터는 투자가 필요했다. 강사는 투자의 방법으로 주식과 펀드를 추천했다. 투자를 해보지 않은 사람이 처음부터 주식에 직접 투자하긴 어려우니, 전문가가 우량주 위주로 분산투자를 해주는 펀드로 시작해보는 게 좋을 거라고 이야기했다. 그리고 펀드를 고를 때는 펀드매니저와 투자종목, 수익률, 규모를 확인해야 한다고 말하며, 몇 가지 좋은 펀드도 추천해주었다.

투자 방법을 배우기는 했지만 어떻게 적용해야 할지 좀 막막하긴 했다. 그래서 사람들은 전문가에게 자산관리를 맡기나 보다. 금융맹 탈출 강의를 해주는 사람도 자산관리사였다. 그는 꼭 부자만 자산관리가 필요한 것은 아니라며 우리 같은 평범한 직장인의 자산관리도 꽤 많이 담당한다고 했다. 그가 얘기한 자산관리 비용은 생각보다 비싸지 않았다.

"우리도 자산관리 한번 받아볼까? 우리 팀 사람이 하고 있는데 괜찮다고 하네."

"어떤 식으로 하는 건데?"

"표를 하나 주는데, 거기에 우리의 수입, 지출 내역을 적어 내면 그걸 보고 상담한대."

하지만 남편은 시시콜콜하게 우리의 수입과 지출 내역을 이야기하는 것을 부담스러워했다. 어렵지만 직접 부딪쳐보기로 했다.

미션 3. 은퇴 설계 및 최적의 연금계획 세우기

은퇴 설계 강의는 우리의 가장 큰 관심사였다. 2016년에 우리가 이 강의를 들었을 때, 부부 기준 노후 생활비는 월 266만 원이었다. 이 정도면 두 명이서 적당히 여유롭게 살 수 있다고 했다. 국민연금공단에서는 2년마다 은퇴 후 노후에 필요한 최소 생활비를 조사하는데,

2020년 말에 조사한 결과는 268만 원이었다. 4년 동안 2만 원이 증가했다. 물가도 이와 비슷하게 오를 거라 생각하고 계산해보면 될 것 같다.

은퇴 설계는 빨리 하면 할수록 복리의 마법을 볼 수 있다고 한다. 난 스물아홉 살 때부터 연금 저축 보험을, 남편은 연금 저축 펀드를 가지고 있었다. 연금 저축 펀드가 장기 수익률이 높고, 연금 저축 이전 제도가 있으니 보험에 가입했다면 펀드로 이전하는 것도 추천받았다. 하지만 나 같은 경우는 가입한 지 오래되어서 장기 투자 효과를 보려면 그대로 유지하는 게 더 유리했다.

우리는 퇴직연금을 DB(확정급여형)로 설정했다. DC(확정기여형)로 하지 않은 건 우리가 제대로 투자할 자신이 없어서다. DB의 경우 퇴직 전 3개월 평균 급여에 근무 연수를 곱해서 지급한다. 우리는 조기 은퇴할 것이라 상관없지만 만약 임금피크제가 있다면, DB형 가입자는 중간 정산 후 DC형으로 변경하는 것이 좋다고 한다.

강사는 주택연금에 대해서도 알려주었다. 주택연금에 대해 생각해본 적은 없었다. 전세를 살고 있었고, 집을 매매할 생각은 없었으니까. 강사는 주택연금을 설명하면서 말했다. 우리나라에만 있는 특이한 제도인 전세는 차츰 없어질 것이고, 월세 제도가 정착될 것이라고. 은퇴 후 월세 비용은 부담될 것이니 주택을 매매하라고 말이다. 당장 오르지는 않더라도 장기적으로 우상향 할 것이니 집이 없다면 집부터 사라고 강조했다.

국민연금은 만 65세부터 수령 가능하고, '개인연금+퇴직연금'은 만 55세부터 수령이 가능하다. 은퇴 후 국민연금 수령 전까지는 '개인연금+퇴직연금'으로 생활하고, 65세부터는 '국민연금+주택연금'을 받도록 설계하는 게 좋다고 했다. 강사의 말을 듣고부터 우리는 아파트 매매와 주택연금에 대해 고민하기 시작했다.

미션 4. 사보험의 합리적인 구입과 활용 알아보기

보험에 대해서는 크게 관심이 없었다. 우리는 닥치지 않은 일에 돈을 지불하는 것에 거부감이 있었다. 하지만 암에 걸릴 확률을 생각하니 암보험 정도는 가입하는 게 좋을 것 같았다. 우리는 어머니를 통해 보험설계사를 소개받은 뒤, 우리가 필요로 하는 보장 항목을 상담받고 예상 납부 금액을 전달받았다.

"헉, 둘이 합치면 한 달에 30만 원이네?"
"보험료 내서 보장받는 돈이나, 우리가 한 달에 30만 원씩 모으는 돈이나 다를 게 없는데?"

하지만 암보험에 가입하기에는 우리 나이가 너무 많아서, 적절한 보상액을 받으려면 한 달에 꽤 많은 비용을 내야 했다. 남편은 그 돈을 보험에 넣느니 차라리 여윳돈을 더 모으자고 했다. 이럴 줄 알았으면 취업하자마자 암보험 하나 가입해둘 걸 그랬다. 어릴 때는 암이란 나와 상관없는 얘기라고 생각했다. 매달 나가는 보험료가 아깝게 느껴졌었다. 암보험은 포기했지만, 아플 때를 대비해 원래 계획대로 실손보험은 꼭 가입하자고 했다.

4주간의 강의를 듣고 우리는 구체적인 은퇴 설계를 시작했다. 수입과 지출을 정리하고, 재무 목표를 잡았다. 우리의 목표는 '마흔 은퇴를 위한 자산 마련'이다!

다시 보자,
세금&보험!
고정비 파악하기 ....

세금과 보험 비용은 회사에서 알아서 떼어 갔다. 그건 원래 내 돈이 아닌 것만 같았다. 떼어 가는 돈이 얼마나 되는지 제대로 확인해보지도 않았다. 1년에 한 번 내는 세금도 일단 나가고 나면 기억 속에서 잊혔다. 하지만, 은퇴 후 생활비를 계산하기 위해서는 이렇게 나가는 고정 지출 비용부터 파악해야 했다.

국민연금

재직 중일 때는 4대 보험금의 절반을 회사가 부담하지만, 은퇴 이후에는 우리가 전액 부담해야 한다. 회사에 다니지 않으면 고용보험과 산재보험은 더 이상 지불하지 않아도 되고, 소득이 없다면 국민연금 역시 납부예외를 신청할 수 있다. 하지만 우리는 만 65세 이후 둘의 국민연금으로 생활비를 충당할 계획이기에, 지역가입자 자격으로 연금을 계속 납부하기로 했다.

국민연금 지역가입자가 납부 가능한 최소금액은 지역가입자 중위수의 '기준소득월액'을 기준으로 한다. 2020년 4월의 '기준소득월액'은 100만 원이다.(국민연금 홈페이지 참고). 국민연금은 소득의 9%를 납부하도록 되어 있으니, 최소 납부 연금액은 9만 원이 된다. 국민연금 앱에서 예상 노령연금을 계산해보았다. 향후 예상 소득을 입력하면 만 65세 이후의 예상 연금을 확인할 수 있었다. 예상 소득을 바꿔가면서 얼마가 적당할지 논의한 우리는, 고민 끝에 한 달에 10만 8천 원을 납부하기로 했다. 은퇴 후 이렇게 10년 정도 더 납부하면 만 65세 이후 문제 없이 생활할 만큼의 연금을 받을 수 있을 것이다.

건강보험

　은퇴 후 가장 걱정했던 비용은 '지역건강보험료'다. 회사에서 절반을 부담하는 '직장건강보험'과 달리 '지역건강보험'은 전액 자기 부담이다. 지역가입자의 보험료는 소득과 재산을 참작한 점수로 계산되는데, 소득이 없더라도 집과 차가 있으면 보험료가 올라갈 수 있다(국민건강보험 홈페이지 참고). 예상 보험료는 국민건강보험 사이트에서 모의 계산할 수 있었다. 우리는 집과 차의 예상 금액을 바꿔가면서 보험료를 계산해보았다. 지금 소유하고 있는 차가 10년 정도 되어 보험료 면제 대상이었지만, 오래되었으니 은퇴 후 한 번쯤은 차를 바꾸게 될지도 모른다.

　"1,600cc 이하의 국산차는 과세되지 않네."
　"그럼 나중에 소형차로 바꾸면 되겠다!"
　"당신, 레니게이드가 예쁘다고 하지 않았어?"
　"레니게이드 사면 보험료 얼마나 더 내야 하는 거야?"

모의 계산을 해보니 보험료가 한 달에 2만 원쯤 더 추가된다.

 "2만 원이면 괜찮지 않아?"
 "안 돼. 외제차는 엔진오일 교체나 유지비용이 아무래도 많이 들지."

1년이면 24만 원, 10년이면 240만 원… 생각에 따라 큰 비용이 아닐 수도 있지만 은퇴 이후는 다르다. 어떤 차를 살지는 나중에 상황에 따라 결정하기로 했다.

이 고민을 하던 시기가 2017년이다. 당시 우리는 집을 매매하는 건 어떨지 진지하게 고민하고 있었다. 집을 사면 건강보험료도 올라가고, 재산세도 내야 한다. 우리가 더 내야 하는 세금보다 집값이 올라야 의미가 있다. 하루에도 몇 번씩 집을 사야 하나, 말아야 하나 마음이 왔다 갔다 했다.

 "회사 가까운 판교로 가는 거 어때?"

"판교는 너무 비싸."

"전세로 가면 되지."

　남편과 의견이 갈렸다. 남편은 회사가 가까운 판교의 전세로 가자고 했고, 난 분당이나 광교의 아파트를 매매하자고 했다. 신분당선 지하철역이 가까운 아파트면 회사도 멀지 않고, 적어도 집값이 떨어지지는 않을 거라 주장했다. 그때쯤 2018년, 2019년이 되면 집값이 폭락할 거라는 얘기가 떠돌고 있었다. 남편은 전세 기간도 아직 남았고, 집값 폭락설도 있으니 천천히 고민하자고 했다. 재산세와 건강보험료는 집을 매매하느냐 전세로 가느냐에 따라 달라질 것이다.

재산세(위택스 홈페이지 참고)

　만약 집을 살 경우, 재산세가 얼마나 나오는지 미리 찾아보기로 했다. 소유한 주택의 재산세는 과세표준 금액에 세율을 곱하여 세액을 산출한다고 한다. 세율은 과세표준 금액에 따라 다르게 적용된다.

과세표준(시가표준액 X 공정시장가액비율) X 세율 = 산출세액

 - 시가표준액 : 국토부에서 매년 4월 발표하는 공시가격

 - 공정시장가액비율 : 주택의 경우 60%, 오피스텔은 70%

주택 재산세 과세표준

주택(과세표준)	세율
6천만 원 이하	0.1%
6천만 원 초과~1억 5천만 원 이하	6만 원 + 6천만 원 초과 금액의 1.15%
1억 5천만 원 초과~3억 원 이하	19만 5천 원 + 1억 5천만 원 초과 금액의 0.25%
3억 원 초과	57만 원 + 3억 원 초과 금액의 0.4%

　그밖에 각 지역별로 재산세 도시지역분을 부과할 수도 있고, 지방교육세도 별도로 내야 한다. 세금 문제는 알면 알수록 복잡했다. 집을 사면 재산세를 얼마나 내야 할지 정리된 것을 봐도 이해가 되지 않았다. 하지만 문제는 의외로 간단하게 해결되었다. 집 매매를 고민하며 '호갱노노'나 '네이버 부동산'을 매일 들여다보고 있었는데, 어느 날 '공시가격' 메뉴가 추가되었다. 내가 매매를

희망하는 매물의 동호수를 선택하면 공시가격과 보유세를 확인할 수 있었다. 다른 조건이 추가되기 때문에 정확하지는 않아도, 대략 어느 정도의 세금이 나올지는 예측할 수 있었다.

소득세와 연말정산(국세청 홈페이지 참고)

소득세에 대해서도 알아보았다. 돈벌이를 하지 않으면 지금처럼 '근로소득세'는 내지 않지만, 연금소득이 있다면 '연금소득세'를 내야 한다. 그동안 국민연금과 개인연금을 내고 연말정산 시 소득공제를 받았는데, 이렇게 공제받은 금액은 나중에 연금 수령 시 과세 대상이 된다.

국민연금은 수령액이 연간 770만 원을 넘으면 과세 대상이 된다고 한다. 연금에 세금을 매기다니 좀 치사하다. 여기에도 복잡한 세금 산출 방식이 있지만, 고민하지 말고 국민연금 홈페이지를 보면 된다. 국민연금 홈페이지에서는 내가 받을 연금의 세전, 세후 금액을 각각 확인할 수 있다.

비과세 상품인 '연금보험'은 연말정산 시 소득공제가

되지 않아 직장인이 선호하는 상품은 아니다. 하지만, 연금 수령 시 세금을 안 내도 돼서 가정주부가 가입하면 유리한 상품이다. 우리는 '연금 저축'에 가입해서 연말정산 시 공제를 받았기 때문에, 연금 수령 시에 세금을 내야만 한다. 개인연금에 적용되는 세율은 연령별로 다르게 부과되고, 3.3~5.5%로 세율이 그리 높지는 않다. 하지만 연금 수령액이 연간 1,200만 원을 초과하면 종합소득세를 추가로 내야 한다. 세금을 아끼려면 개인연금 수령 시 최대 월 100만 원을 넘기지 않도록 해야 한다. 국민연금과 개인연금 모두 연금 수령 시 세금을 제외하고 받기 때문에 고정 지출에 포함시키지는 않았다.

은퇴를 하면 이제 연말정산도 직접 해야 한다. 나에게 소득이 발생할 경우 매년 5월에 종합소득세를 직접 신고해야 한다. 종합소득세는 이자소득, 배당소득, 사업소득, 연금소득 등 각종 소득을 종합하여 과세하는 소득세다. 소득의 종류별로 다른 공제 규정이 마련되어 있다. 앞서 설명한 것처럼 연금소득세는 연 1,200만 원 초과분에 대해 과세되고, 금융소득세는 연 2,000만 원 초과분부터 종합소득세를 내야 한다. 종합소득세 역시 누진세율이 적용되어 소득이 높다면 높은 세율이 부과된다.

종합소득세 과세표준

주택(과세표준)	세율
1,200만 원 이하	6%
1,200만 원 초과~4,600만 원 이하	15%
4,600만 원 초과~8,800만 원 이하	24%
8,800만 원 초과~1억 5,000만 원 이하	35%
1억 5,000만 원 초과~3억 원 이하	38%
3억 원 초과~5억 원 이하	40%
5억 원 초과	42%

기타 고정 지출

자동차세와 자동차 보험은 지금 자동차 기준으로 우선 계산했다. 주민세는 비용이 크지 않고 크게 변동도 없을 것이다. 설날과 추석 제사 비용과 양가 부모님 생신 비용, 매달 드리는 용돈도 고정 지출로 추가했다. 아파트 관리비, 가스비도 지금 지출 금액의 평균으로 계산해 넣었다. 은퇴 이후에는 핸드폰도 가장 싼 요금제를 쓰기로 했다. 인터넷은 필요했지만, IPTV를 유지할지는 고민되었다.

"우리 TV는 잘 안 보잖아."
"영화나 드라마 다시보기 하는 건 넷플릭스로 충분하지 않을까?"
"축구나 야구는 라이브로 봐야지~"
"아 그러네…."

스포츠 방송 때문에 IPTV 비용도 일단 유지하는 것으로 결정했다. 고정 지출을 계산하니 대략 월 140만 원 정도가 된다. 생각보다 많은 돈이다. 아무것도 안 하고 숨만 쉬어도 나가는 돈이 월 140만 원이나 된다니. 고정 지출은 줄일 수 없지만, 월 변동 지출은 우리가 아끼면 줄일 수 있는 돈이다. 최소한의 월 변동 지출을 계산하면, 우리가 얼마를 모아야 은퇴가 가능할지 보일 것이다.

마흔, 부부가 함께 은퇴합니다

은퇴 후
한 달 생활비,
얼마면 될까?

결혼 이후 돈 관리는 내 담당이었다. 난 투명하게 가계 운영을 하겠다고 선언하고 생활비 지출 내역을 구글 스프레드시트에 작성해서 남편에게 공유했었다. 하지만 남편은 우리가 한 달에 돈을 얼마나 쓰고 있는지, 내가 사적으로 돈을 낭비하는 건 아닌지 별 관심이 없었다. 남편은 오직 "이번 달에 하이패스 요금 얼마 나왔으니 이체해줘", "우유랑 식빵 없길래 내가 사놨어. 얼마 보내줘" 등 생활비로 지출되어야 할 비용을 본인이 썼을 때 제대로 돌려받는 것에만 관심이 있었다. 난 간혹 생활비로 사기로 했던 옷이나 화장품을 내 용돈으로 살 때도 있었다. 그런 얘기를 하면 남편은 "너도 그런 건 철저하게 생활비로 해"라며 내가 열심히 작성한 가계부보다는 각자의 용돈 관리에 더 관심을 보였다.

그동안 남편에게 관심받지 못했던 가계부는 은퇴 후 필요 예산을 정리하려니 드디어 빛을 발했다! 우리는 가계부에 기록한 지출 내역을 살펴보며 월 변동 지출 계획을 세우기로 했다. 맞벌이라 한 달 수입이 적지는 않아서, 우리는 별생각 없이 돈을 소비하고 있었다. 물건을 살 때 가격은 보지도 않고 "사고 싶으면 사" 하며 살았었다. 마음에 드는 물건을 집어 들고 결제를 할 때서야 이렇게 비싼 거였나 하고 후회할 때도 있었다. 회사 일로 스트레스를 받다 보니 충동구매 하는 일도 잦았다. 식사도 거의 외식을 했다. "몸보신해야 하니까 소고기 먹자~", "오늘은 월급날이니 소고기 먹어야지~", "힘든 하루였으니 소고기~"라며 그 비싼 걸 자주도 사 먹었다.

물욕이 없는 편이라 생각했는데 막상 가계부를 보니 그게 아니었다. 우린 생각보다 한 달에 많은 돈을 지출하고 있었다. 월별로 지출 금액의 편차도 심했다. 회사에서 유독 스트레스를 받았던 달은 지출이 많았다. 위로하는 마음으로 이 정도는 써도 괜찮겠지, 라고 생각했는데, 새삼 스트레스성 충동구매의 위험성을 깨달았다. 가계부를 쓰기만 했지, 돌아보며 반성하는 시간은 갖지 않았던 것이다. 이제야 깨달았다. 우리는 2인 가구 치고 과소비하고 있었다.

	F	G	H
1	구분	합계	비중
2	교통비	₩330,001	10.52%
3	기타 구입	₩1,386,340	44.18%
4	세금	₩135,500	4.32%
5	식비	₩626,500	19.96%
6	여가	₩78,500	2.50%
7	의료비		0.00%
8	이벤트		0.00%
9	장 보기	₩581,220	18.52%
10	총합계	₩3,138,061	생활비 카드값

은퇴 전 항목별 생활비 지출 내역

	A	B	C	D	E
1	구분			연간 지출 비용	월 비용
2	연간 고정 지출	세금	자동차세	-	-
3			주민세	-	-
4			재산세	-	-
5		보험	자동차 보험	-	-
6		집안 행사	구정	₩100,000	₩8,333
7			추석	₩100,000	₩8,333
8			생신	₩400,000	₩33,333
9			제사	₩200,000	₩16,667
10	월간 고정 지출	세금	관리비	₩2,400,000	₩200,000
11			가스비	₩36,000	₩3,000
12			통신비	₩1,200,000	₩100,000
13		보험	국민연금	₩2,400,000	₩200,000
14			의료보험	₩2,400,000	₩200,000
15			실비보험	₩600,000	₩50,000
16		집안 행사	부모님 용돈	₩4,800,000	₩400,000
17	월간 변동 지출	생활비	교통비	₩1,200,000	₩100,000
18			장보기	₩6,000,000	₩500,000
19			외식비	₩1,200,000	₩100,000
20			여가 생활	₩1,200,000	₩100,000
21			기타 구입	₩1,200,000	₩100,000
22			의료비	₩240,000	₩20,000
23			예비비	₩1,200,000	₩100,000
24			용돈	₩2,400,000	₩200,000
25	지출 합계	전체 합계		₩31,280,000	₩2,606,667
26		연간 고정 지출		₩2,804,000	₩233,667
27		월간 고정 지출		₩13,836,000	₩1,153,000
28		고정 지출		₩16,640,000	₩1,386,667
29		월간 변동 지출		₩14,640,000	₩1,220,000
30		월간 생활비		₩28,476,000	₩2,373,000

은퇴 후 생활비 계획

지출한 개별 항목들을 살펴보니 은퇴 후 줄일 수 있을 만한 것들이 많이 보였다. 특히 충동구매의 흔적인 '기타 구입' 비용은 100만 원 이상 절약 가능할 것이다. 회사를 그만두면 집밥 먹는 비중이 늘어날 테니 '외식비'도 줄일 수 있을 것 같다. 거의 외식을 했는데도 '장 보기' 비용이 58만 원이나 되는 건, 매일 자기 전 맥주 한잔을 하는 의식의 비용이었다. 은퇴하면 술도 좀 줄여야겠다. 정리하면서 한 가지 다행이다 싶은 건, 불필요한 쇼핑을 했을 때를 제외하고 보면 생활비 지출 금액이 많지 않다는 점이다. 지출이 적었던 달을 기준으로 계획을 잡으면 될 것 같다.

가계부 세부 내역을 보면서 은퇴 후 살아가는 데 꼭 필요한 것만 남겼다. 그렇게 계산한 월 변동 지출 내역에 고정 지출 비용을 더했다. 항목별로 정리한 생활비 계획을 보면서 더 줄이거나 늘릴 예산이 없는지 남편과 살펴보기로 했다.

한 달 용돈을 인당 50만 원에서 10만 원으로 대폭 줄인 '은퇴 후 생활비 계획'을 본 남편의 불만이 터져 나왔다. 각자 쓰는 교통비, 통신비 등을 생활비에 포함해서 둘 다 용돈 50만 원을 다 쓸 일이 없었다. 또 은퇴 후에는 혼자 있을 때 쓰는 비용만 용돈으로, 둘이 같이 쓰는 비용은 생활비로 구분하기로 했다. 나는 회사에 가지 않으니 용돈 10만 원도 충분할 거라고 설득하긴 했지만, 한동안 남편과의 용돈 논쟁은 계속될 것 같다.

결혼 전부터 양가 부모님에게 드리는 용돈도 있었다. 월급을 받을 때는 부담되지 않는 금액이었는데, 은퇴 후 예산을 계산해보니 꽤 큰돈이었다.

"은퇴하면 부모님 용돈은 안 드려도 되지 않을까?"
"에이, 그건 아니지. 일찍 은퇴하는 것도 죄송스러운데."

남편의 말에 부담되지만 부모님 용돈도 포함하기로 했다. 남편은 철없어 보이다가도 어른 같기도 하고 그렇다. 이렇게 최종 정리한 한 달 생활비는 한 달에 250만 원이었다. 은퇴 후 생활하다 보면 세부 지출 내역이 조금은 달라질 것이다. 나이가 들면 병원비도 많이 들어갈 거고, 물가상승률도 고려해야 한다. 국민연금공단에서 조사한 은퇴 후 생활비 증가 추이를 생각해보니, 지금으로부터 40년 후 생활비는 월 20만 원 정도 더 들 것 같다. 하지만 지금 계산한 생활비에는 그때는 더 이상 지출하지 않을 국민연금 비용 20만 원이 포함되어 있다. 그러니 40년 뒤에도 지금 계산한 비용과 크게 다르지 않을 것 같다.

우리는 만 55세부터 연금으로 생활할 계획이다. 은퇴 후 남편은 9년, 난 15년이 지나면 연금을 받을 수 있다. 그럼 계산해보면, 생활비로 대략 4억 원의 돈이 필요하다. 우리가 연금을 받기 전까지 생활할 4억 원을 마련한다면, 계획대로 은퇴할 수 있을 것이다.

5만 원의
용돈 논쟁 ··················

    한 달 용돈을 인당 10만 원으로 정하기 전에 원래 계획으로 잡았던 건 인당 5만 원이었다. 은퇴 생활비를 연간 3,000만 원으로 맞추고 싶어서 정했던 한 달 250만 원의 생활비는 생각보다 빡빡했다. 필수로 나갈 돈 위주로 정리하고 보니, 250만 원에서 딱 10만 원이 남았다. 그래서 처음에 용돈을 인당 5만 원으로 정했던 것이다.

    "한 달에 5만 원으로 어떻게 살아!"
    "회사 안 가니까 충분하지 않을까?"

은퇴 생활비를 정한 이후 남편은 꾸준히 문제 제기를 해왔다.

"용돈을 올리지는 못해도 줄이는 건 너무하지 않아?"
"생활비로 하는 게 많으니 5만 원으로도 괜찮을 거야."

이렇게 말은 했지만, 내가 생각해도 5만 원은 너무하다 싶었다. 회사에 가지 않으니 대부분 같이 쓰는 생활비로 해결되겠지만, 가끔 혼자만의 시간을 보내고, 친구도 만나려면 용돈 5만 원은 부족했다.

하지만 용돈을 올리려면 생활비 예산을 다시 조정해야만 한다. 한 달 용돈을 인당 10만 원씩으로만 추가해도 10년이면 2,400만 원, 50년이면 1억 2천만 원이다. 앞으로 우리에게 남은 시간은 길다. 얼핏 보면 큰 비용이아닐지 몰라도 거기다 시간을 곱하면 꽤 큰 금액이 된다. 용돈 예산 조정에 신중해질 수밖에 없는 이유다.

그러던 중 우연찮게 용돈을 조정할 기회가 생겼다. 처음 예산을 잡을 때 우리 둘의 실손보험 비용으로 월 20

만 원을 따로 떼어놨었는데, 이 비용이 5만 원을 넘지 않게 된 것이다. 직장에서 가입한 단체 실손보험을 개인 실손보험으로 전환할 수 있는 제도 덕분이었다. 갑작스레 여윳돈 15만 원이 생겼다.

"실손보험 비용이 생각보다 적게 드니 용돈 10만 원으로 올려줄게~"

난 생색내듯 말했지만 남편은 여전히 만족하지 않았다. 그때 비자금으로 나누어 가진 돈이 떠올랐다. 결혼한 지 얼마 되지 않았을 때, 우리는 매달 계획에 맞게 대출을 상환하고 저축을 했다. 생활비 관리 담당이 나라서 통장은 내 이름으로 되어 있었다. 나는 내 이름으로 된 통장 잔고가 늘어나는 것을 볼 때마다 괜히 뿌듯했다. 어느 날 남편이 우울해하며 말했다.

"혼자 살 때보다 더 가난하게 사는 것 같아."
"대신 자산이 늘었잖아."

"내 돈은 없는 걸. 소용없어. 이 지긋지긋한 가난."

남편은 결혼 전까지 월급을 통장 하나로 관리했었다. 적금, 펀드 등으로 돈을 모으는 것에는 관심이 없었고, 통장에 돈이 모이면 뭘 살지부터 고민했다. 그러던 그가 생활비와 대출 때문에 월급 대부분을 나에게 보내고 있으니, 텅 빈 통장을 보며 우울해졌던 것이다. 난 내 이름으로 쌓이는 돈을 보며 위안할 수 있었지만, 남편은 아니었다. 안쓰러운 생각이 들어 말했다.

"그럼 각자 비자금을 좀 가질까?"
"좋다!!"

그렇게 모은 돈의 일부를 남편과 나눠 가졌다. 남편과 나는 그 돈으로 각자 주식을 시작했다.

"얼마나 벌었어?"
"알려고 하지 마. 이 돈은 온전히 나를 위해 쓸 거야.

호호.”

"그냥 궁금해서 그러지~"

난 주식으로 돈을 벌 때마다 자랑했지만, 남편은 철저히 비밀로 했다. 서로가 아는 그 비밀에 남편은 숨통이 조금 트이는 것 같아 보였다. 그렇게 번 돈으로 부족한 용돈을 채우면 될 것 같았다.

"부족한 돈은 나눠 가진 비자금을 투자해서 각자 알아서 벌자.”

그 후 우리는 돈에 있어 철저해졌다. 생활비 명목으로 지출할 때는 주로 카드를 썼고, 현금을 찾아두지는 않았다. 남편과 함께 나들이를 하다 보면 간혹 현금이 필요한 순간이 있는데, 그럴 때면 각자 가지고 있는 현금을 썼다.

"내가 3천 원 썼으니까, 생활비에서 이체해줘.”

예전에는 만 원 미만까지 챙겨서 달라고 하지는 않았는데, 은퇴 용돈을 정한 이후로 달라졌다. 남편은 수시로 용돈 인상을 주장했다. 예상외의 소득이 생길 때면, "그럼 용돈 올려주나?"부터 물어본다. 하지만 은퇴자산이 얼마가 된다고 해도 용돈은 올려주지 않을 생각이다. 남편이 용돈으로 담배를 사기 때문인데, 돈이 부족하면 담배를 줄이거나 끊지 않을까 하는 기대 때문이다. 대신 예상외의 소득이 생기면 용돈 대신 생활비를 올리겠다고 했다.

한 달 용돈 10만 원이 부족하긴 나도 마찬가지이지만, 그냥 주식 공부를 더 열심히 하기로 했다. 아침마다 경제 기사를 챙겨 보고, 수시로 주식 차트를 들여다보며 주가의 흐름을 공부했다. 주식 투자를 시작한 건 우리에게 여러모로 도움이 되었다. 금융에 무지하던 우리가 돈을 버는 다양한 방법에 관심 갖기 시작했으니 말이다.

그래도
여행비 예산은 필요해

결혼하고 나서 전보다 소비가 많이 줄었다. 가끔 스트레스 해소용 지출을 하기도 하지만 꼭 갖고 싶어서 사는 물건은 아니었다. 그리고 예전부터 둘 다 차와 시계, 가방 같은 고가의 물건에는 욕심이 없었다. 우리가 마음껏 쓰는 돈은 딱 하나, 여행비였다. 세계 여행을 가자며 은퇴를 결심했던 우리다. 은퇴를 하면 수입이 없을 테니, 지금보다는 돈을 아껴 써야 한다. 하지만 지금 즐기는 것을 모두 포기하면서까지 빡빡하게 살고 싶지는 않았다. 행복하기 위해서 하는 은퇴인데, 돈 때문에 우울해진다면 차라리 돈을 좀 더 모으는 것이 나았다.

마흔, 부부가 함께 은퇴합니다

"은퇴 생활비 말고 여행비 예산도 따로 잡아야 할 것 같아."

"생활비로는 여행을 못 갈 테니 당연히 그래야지!"

여행비 예산을 따로 모으는 것에 둘 다 의견이 일치했다. 우리는 지출 관리를 위해 각자 월급에서 30만 원씩, 한 달에 60만 원을 여행비로 모으고 있었다. 1년이면 720만 원이다. 짧게 휴가를 내서 가까운 동남아로 가기에는 충분한 돈이었다. 우리는 이 돈으로 1년에 한두 번 여행을 떠났다. 호주, 뉴질랜드로 한 달 여행을 떠났을 때는 무리한 동선 때문에 항공권 비용이 많이 들어 예산을 넘겼지만, 그 외에는 항상 1년에 720만 원을 넘기지 않았다. 15일 동안 떠났던 터키 여행도, 9일 동안 떠난 노르웨이 여행도, 역시 720만 원을 넘기지 않았다.

여행비는 생활비처럼 구체적으로 계산하지는 않았다. 여행에 쓸 비용을 정하고, 그 한도 내에서만 쓰기로 했다. 여행비 예산은 어느 날 남편의 한마디로 결정되었다.

"여행비 예산은 1억이면 되지 않을까?

"그래, 좋아!"

2년 동안 세계 여행을 가자며 예산 계획을 세울 때, 우리가 생각했던 비용이 1억이었기 때문에 나온 말이었다. 계획은 달라졌지만 예산은 동일하게 가져가기로 했다. 그 돈으로 우리가 몇 년이나 여행을 다닐 수 있을지 생각해보았다. 지금처럼 1년에 720만 원을 여행비로 쓴다면, 13년? 14년? 정도 쓸 수 있다. 왠지 좀 짧게 느껴진다. 13년 이후에는 여행을 갈 수 없다니… 그때면 내 나이 54세, 남편 나이 60세이니 충분한 것 같기도 하지만 왠지 좀 아쉽다.

잠깐, 은퇴 이후에는 지금처럼 짧은 여행이 아니라 한 달 이상 장기 여행을 하기로 했으니, 여행비가 아니라 생활비를 사용해도 되지 않을까? 어차피 생활하는 데 쓰는 비용이니 말이다. 그리고 한 달 이상 국내를 떠나 있으면 건강보험비를 내지 않아도 되고, 관리비도 많이 주니 고정 지출 비용을 평소보다 아낄 수 있다.

여행 비용에선 항공권과 숙박비가 차지하는 비중이 가장 컸다. 생활비로 충당하기 어려운 항공권과 숙박비만 여행비로 한다면 1억으로 몇 년 동안 여행을 다닐 수 있을까? 난 그간 여행비도 생활비처럼 구글 스프레드시트에 항목별로 정리해왔다. 여행비 계산을 위해 다시 구글 스프레드시트를 열어 보니, 여행 비용 중 '항공권+숙박비'로 지불한 비용이 전체 여행비의 60% 정도 되었다. 대략 430만 원이다. 그럼 23년은 쓸 수 있다. 10년이 더 늘었다!

"남편, 우리 23년은 여행 다닐 수 있을 것 같아."
"우리 겨울은 따뜻한 동남아에서 보내자!"
"동남아로 가면 생활비도 많이 안 들겠네."
"상상만 해도 너무 좋구만!"

우리나라보다 물가가 싼 나라로 가면 예상보다 더 여유롭게 보낼 수도 있을 것이다. 지금처럼 휴가 내기 좋을 때 떠나는 여행이 아니라 비수기에 여행을 떠난다면 항공권도 저렴하게 구할 수 있다. 장기 숙박은 할인도 많이 되니 오래 머물러도 생각만큼 부담스럽지는 않을 거다.

나는 심심할 때마다 에어비앤비에서 해외 장기 숙박을 검색해보았다. 바르셀로나 시내에 작은 숙소는 한 달에 120만 원에서 200만 원 사이로 다양했다. 발리는 100만 원 미만의 숙소도 꽤 괜찮아 보였다. 이 정도면 1년에 한 번 정도는 길게 여행을 떠날 수 있을 것이다.

"남편, 장기 숙박 하면 할인이 많이 된다."
"은퇴하고 여행 가려면 아직 멀었는데, 벌써 숙박을 알아본 거야?"
"아니, 그냥 재미로 본 거야."

나의 여행 준비는 보통 결심한 그날부터 시작되었다. 그래서 남편의 여행하자는 한마디에 몇 주 안에 모든 준비를 끝마쳤다. 나의 급한 성격은 은퇴를 준비할 때도 마찬가지였다.

"적어도 방이 분리되어 있는 곳으로 알아본 거지? 원룸은 안 돼!"

"그건 왜?"

"싸우면 각방 써야지."

현재 자산 파악 완료,
그 다음은?

우리는 제주도에서 회사 생활을 하다가 연애를 시작했다. 그러다 뜻하지 않게 판교로 올라오게 되면서, 각자 집으로부터 독립을 꿈꿨다. 그런데 문제는 돈이었다. 회사 근처에서 독립할 공간을 마련하기에는 가지고 있는 돈이 부족했다. 가진 돈에 맞춰서 집을 구할 수도 있지만, 우리는 퇴근 후 편안히 쉴 수 있도록 여유 있는 공간을 구하고 싶었다. 하지만 원하는 공간의 집을 구할 만큼 각자 가진 돈이 여유롭지는 않았다.

여느 때처럼 퇴근 후 만나, 거리의 벤치에 앉아 이야기를 나누던 때다. 우리는 독립할 집을 어떻게 구해야

마흔, 부부가 함께 은퇴합니다

할지 서로의 고민을 이야기했다.

"집값이 너무 비싸다. 다들 어떻게 사나 몰라."
"둘이 가진 돈을 합치면 좀 나을 텐데."
"그럼 결혼할까? 우리가 결혼하면 안 되는 이유라도 있나?"
"없지."

독립할 집을 구해야 한다는 현실적인 이유로 우리는 결혼을 결심했다. 결혼하자는 애기는 내가 먼저 꺼낸 게 되어버렸다. 지금도 함께 TV를 보다 감동적인 프러포즈 장면이 나올 때면, 내가 원망을 하기도 전에 남편은 장난기 어린 웃음을 띠며 이렇게 말한다.

"난 꽃다발 하나 없이 길바닥에서 대충 한 프러포즈를 받아줬네. 넌 결혼 참 쉽게 했어~"

집을 구해야 하니 우린 결혼 전, 각자의 연봉을 공개

했다. 연봉과 지금까지 모은 돈에 대해서도. 그렇지만 둘이 가진 돈을 합쳐도 꿈꾸던 회사 근처의 전셋집을 구하기는 어려웠다. 아파트 전세는 너무 비싸서 회사에서 조금 떨어진 동네의 다가구 빌라를 알아보았다. 다가구 빌라는 우리가 모은 돈으로도 가능할 것 같았다. 여기저기 발품을 팔아 한 곳을 정했다. 마음에 아주 들지는 않았지만, 그나마 무난했다. 계약을 하려는데 집주인이 법인으로 되어 있었다. 부동산에서는 법인 소유 주택이면 더 안전하고 좋다고 말했지만, 왠지 찜찜했다. 알아보니 법인 소유 주택일 경우 채권자가 많아 문제가 생기면 돈을 돌려받기가 더 어렵다고 했다. 주변에서는 비싸도 무조건 아파트란다. 아파트여야 전세금을 돌려받기 안전하다고 했다. 전세금은 우리의 전 재산이었다. 불안한 상황에 우리의 전 재산을 밀어 넣고 싶지는 않았다. 고민 끝에 대출을 받아서라도 아파트 전세를 구하자고 결심했다.

우리는 회사에서 복지로 제공하는 전세자금 대출을 받기로 했다. 대출의 조건으로 월급통장을 바꿔야 했는데, 남편은 그걸 귀찮아하며 이렇게 말했다.

"월급통장 변경 안 하면, 대출 연장 제한되는 거 말고는 문제없대. 우리 대출 1년 안에 다 갚자."

"그럼 한 달에 얼마를 갚아야 하는 거지? 불가능한 건 아니지만 생활비가 빠듯할 텐데."

무리해서 대출금을 갚아야 했지만, 남편의 월급통장을 지키기 위해 우린 1년 안에 대출 상환을 목표로 잡았다. 대출을 갚고 나자 생활비는 예상대로 빠듯했다. 우리는 여윳돈이 하나도 없었다. 어쩌다 큰 지출이 생길 때면 생활비가 부족할 때도 있었다. 돈이 부족해서 외식도 하기 어려웠다.

"직장 생활이 벌써 몇 년 차인데, 우리는 왜 이렇게 가난할까?"

"왜긴, 당신 월급통장 때문이지."

어떻게 시작된 가난인데, 남편은 가난을 푸념했다.

그렇게 아껴가며 1년을 살았고, 목표로 했던 남편의 월급통장을 지킬 수 있었다. 그 1년 덕분에 소비 습관이 변했다. 결혼 전 버는 만큼 써서 모은 돈도 많지 않았던 우리가, 전세금을 갚는 1년 동안 절약하는 습관이 몸에 밴 것이다.

돈 관리 담당이었던 난 우리의 자산을 대략은 알고 있었다. 하지만 은퇴자산 마련이라는 재무 목표를 달성하기 위해서는 현재 자산을 정확히, 제대로 파악해야만 했다. 그러고 나서 목표에 맞게 저축과 투자 계획을 세워야 했다. 난 우리의 자산을 하나하나 뜯어보았다.

첫 번째로 전세금. 현재 살고 있는 집의 전세금은 우리가 가진 자산 중 가장 큰 비중을 차지하고 있다. 결혼 당시 받았던 전세자금 대출을 모두 갚아서 이제는 온전히 우리의 자산이 되었다.

다음으로 연금. 매달 자동이체로 같은 금액이 빠져나간 지 10년이 다 되어가고 있었다. 연금은 자산이 아니라 지출처럼 느껴졌다. 10년의 세월이 흘렀으니 그만큼의 이자가 더해졌을 텐데, 내가 낸 돈보다 이자가 얼마가 더 쌓였는지 그동안 궁금해하지도 않았다. 게다가 남편은 연금 저축 펀드였으니 마이너스가 되어 있을 수도 있다. 우리는 각자 은행 계좌를 확인한 후 쌓인 돈을 정리하면서 은퇴 후 받게 될 퇴직금과 국민연금이 충분한지를 확인했다.

세 번째로, 보유하고 있는 현금을 확인했다. 우리는 대출을 다 갚은 이후 적금과 CMA 계좌로 여윳돈을 모아두고 있었다. 은행 이율이 얼마 되지 않아, 이 방법은 돈을 묶어두는 역할만 했을 뿐, 자산을 늘리는 데는 그리 도움되지 않았다.

자산 현황 파악 후 은퇴 목표 시점까지 앞으로 남은 기간에 우리가 모을 수 있는 돈을 계산했다. 지금의 자산에, 앞으로 월급의 70%를 저축한다면 은퇴 후 생활비가 풍족하지는 않아도, 연금을 받기 전까지 쓸 돈은 만들 수 있었다. '은퇴자금으로 한 20억쯤 필요하지 않을까?' 막연히 생각했었는데 계산해보니 낭비만 하지 않으면 생활하는 데는 그리 큰돈이 필요하지 않았다.

마흔에 갭이어를 가져도 괜찮겠다는 희망이 생겼다. 하지만 예상하지 못한 일을 대비하기 위한 어느 정도의 여유자금은 필요했다. 게다가 여행비까지 모으려면 총 5억 원이 필요하다. 우리는 지금처럼 월급을 은행에만 모으는 대신 다른 방법을 찾아야 했다!

마흔, 부부가 함께 은퇴합니다

4장

본격 은퇴자금 마련기

자금마련 편

연금이 있어 다행이야

우리가 은퇴 계획을 세우면서 가장 중요하게 생각했던 건 연금이다. 직장을 그만둔다고 생각했을 때 가장 아쉬운 것은, 매달 들어오는 일정한 금액의 수익이 사라진다는 거였다. 모아둔 돈은 쓰기 어렵다. 그 돈을 쓰기 시작하면 금방 사라질 것만 같아 아껴두게 된다. 하지만 필요한 일이 있어 꺼내 쓰기 시작하면 없어지는 것은 정말 순식간이다. 월급은 다 써도 다음 달이면 같은 금액이 또 들어온다. 월급이라고 생각될 만큼 이자를 받으려면, 목돈이 얼마쯤 있어야 할까? 이 말은 곧, 지금 내가 꼬박꼬박 월급을 받고 있다는 건 은행에 그만큼의 돈을 예치해두고 있다는 것과 마찬가지다. 그렇게 생각하며 직장을 다니면 마음만은 부자다.

개인연금과 퇴직연금

매달 일정 금액이 들어오는 연금이 있다면 은퇴하고 나서도 그 불안함을 좀 덜 수 있을 것 같았다. 다행히 우리는 둘 다 개인연금을 가지고 있었다. 난 은행에 다니는 친구의 실적을 위해 가입했지만, 남편은 정말 은퇴를 대비하기 위해 가입했다고 했다.

"55세부터 연금을 받을 수 있다고 생각하니 조금 안심이 돼."

은퇴를 생각하고 보니 나도 진작 연금을 많이 넣어둘 걸 후회가 됐다.

나의 퇴직금이 퇴직연금이 된 것은 2011년부터다. 그 전까지는 연말에 그해의 퇴직금을 정산한 월급이 한 번 더 나왔다. 그때의 난, 연말에 나온 퇴직금을 보너스처럼 여겼다. 퇴직금이 입금될 때면, 이번 연말에는 퇴직금으로 뭘 하면 좋을까 고민하며 신나 했었다. 그게 내 미래인 줄도 모르고 말이다. 은퇴 목표가 2020년이니 그때 받는 월급의 10배를 퇴직금으로 받게 될 것이다. 남편과 나는 퇴직금도 일시불 수령이 아니라 연금으로 받기로 했다. 퇴직금 계산 시 평균 급여는 세후 월급이 아니라 세전 월급 기준이다. 만약 퇴직금을 일시불로 수령하면, 그 돈에서 퇴직소득세를 떼어간다. 하지만 퇴직연금으로 받으면 퇴직소득세의 30%를 감면해준다. 당장 목돈이 필요한 일이 없고, 퇴직연금으로도 투자가 가능하니 연금을 유지하는 편이 훨씬 이득이었다.

우린 만 55세부터 국민연금을 받을 만 65세까지 10년 동안 개인연금과 퇴직연금을 나눠서 받기로 했다. 우리가 가진 개인연금의 계약금액과, 우리가 은퇴할 시기의 예상 연봉으로 퇴직연금을 계산했다. 10년 동안 분할해서 받을 각자의 연금을 더하면, 여유롭지는 않아도 둘이 먹고사는 건 가능해 보였다. 다만, 내가 남편보다 6살 어리기 때문에 둘 다 연금을 받아 생활하려면 6년의 시간이 더 필요했다.

"당신이 나이가 많으니 생각보다 빨리 연금을 받네."
"이럴 줄 알았으면 나도 연상을 만날걸 그랬어~"

국민연금

만 65세부터 받을 연금도 알아보았다. 난 대학교 3학년 때 휴학하고 1년간 한 회사의 사무 보조로 아르바이트를 했었는데, 국민연금 앱에서 확인해보니 내가 처음 가입한 시기는 그때부터였다. 그때는 4대 보험금을 떼어가는 게 아깝게 느껴졌는데, 지금은 다행이다 싶다. 그 1년 이후 내가 취업하기 전까지는 납부 예외 처리가 되어 있었다. 남편은 1999년부터 가입되어 있었다. 하지만 시간이 오래 지나 어떻게 가입했는지 기억은 나지 않는다고 했다. 그 이후 군대도 가고 했으니 남편은 납부 예외 기간이 길었다.

국민연금 앱에는 내가 지금 내는 연금만큼 만 60세까지 꾸준히 낼 경우 받게 될 예상 연금액이 나와 있었다.

남편과 나 둘 다 그 정도의 연금을 받으면 충분히 여유롭게 생활할 것 같다. 하지만 우리는 훨씬 더 일찍 은퇴할 예정이다. 아까워도 어쩔 수 없다. 20년 더 즐겁게 살면 된다고 생각했다. '내 연금 계산하기' 메뉴에서 우리의 은퇴 목표 날짜를 넣고 예상 연금액을 확인해보니, 역시 아쉽다. 만 60세까지 내면 받을 수 있는 돈이 아른거렸다. 부족한 국민연금을 채워 넣을 방법이 필요했다.

국민연금 추가납입하기

국민연금 납부예외 기간만큼 '현재 납입하는 연금액 기준'으로 추가납입을 할 수 있었다. 단, 회사 부담 분까지 전액 내가 납입해야 했다. 현재 납입하는 연금액의 1년 치는 꽤 부담되는 금액이었다. 퇴사 후 지역가입자로 전환한 후에 추가납입을 하면, 내야 할 돈이 줄어 부담은 줄지만, 그만큼 돌려받는 돈도 줄어든다는 얘기다. 어차피 우리가 노후에 돌려받을 돈이니 저축한다 생각하고 현재 수준으로 추가납입하기로 했다.

그러나 추가납입은 국민연금 앱에서 간단히 할 수 있

는 것이 아니었다. 신청은 국민연금 앱에서 할 수 있지만 최종 확인까지는 몇 가지 절차가 필요했다. 신청 역시도 모두에게 간단한 것은 아니었다. 남편은 국민연금 앱에서 추가납입이 가능하다고 나와서 바로 신청할 수 있었지만, 나는 추가납입 신청이 불가한 것으로 나왔다. 납부예외 기간이 확인되는데, 왜 불가한 것인지 자세한 안내가 없었다. 국민연금 앱에서는 1355로 전화 문의하라고만 나와 있었다.

회사에서 틈날 때마다 1355로 전화했지만 계속 통화 중이었다. 몇 번의 시도 끝에 통화가 되었다. 상담원은 추가납입 가능한 기간이 확인된다고 말했다. 내심 불안했는데, 다행이었다. 추가납입을 위해서는 혼인관계 증명서를 출력해서 해당 지역 국민연금공단 지사로 팩스를 보내야 했다. 이후 담당자가 서류 확인 후 최종 승인하면 되었다.

팩스라니… 팩스라니… 남편이나 나나 IT업계에 종사하고 있어서인지 아직 종이 서류로 처리하는 것을 볼 때면 비효율적으로 느껴졌다. 출력해야 하는 종이도 아까웠다. 그리고 개인의 국민연금 추가납입을 신청하는 데 혼인관계 증명서가 도대체 왜 필요한지도 궁금했다. 미혼인 사람도 많을 텐데, 많은 증명서 중 왜 하필 혼인관계 증명서일까. (미혼도 혼인관계 증명서 출력은 가능하다.) 혼인관계 증명서 출력에는 몇 가지 조건이 있었다. 주민번호를 노출할지 여부와, 상세정보를 출력할지 여부다. 국민연금 홈페이지에는 이에 대한 안내가 없었다.

난 추가납입을 해야 했고, 내가 의문이 있다고 해서 나라의 정책이 바뀌는 것은 아니다. 수많은 의문을 뒤로하고, 대법원 홈페이지에서 혼인관계 증명서를 출력했다. 따로 안내가 없으니 주민번호는 미노출, 상세정보 없이 일반으로 출력해서 제출했다. 잠시 후 전화가 왔다.

"주민번호는 노출로 해야 해요. 그리고 일반이 아닌 상세정보로 출력해서 다시 보내주세요."

주민번호는 민감한 개인정보인데, 아무리 국가기관이라지만 많은 사람이 있는 사무실에 팩스로 보내는 게 아무래도 찜찜했다. 내 개인정보가 노출된 상태로 얼마나 방치될지도 모른다. 하지만 난 추가납입을 해야만 한다. 별다른 의문을 제기하지 않고 다시 팩스를 보냈다.

그렇게 남편과 나 둘 다 추가납입을 마쳤다. 추가납입 후 예상 연금액을 보니 꽤 만족스러웠다. 은퇴 후에도 소액으로 납부를 계속 한다면, 둘이 생활할 만큼의 연금을 받을 수 있을 것이다. 국민연금은 물가상승률까지 반영되니, 연금만으로도 어느 정도 생활이 가능할 것 같다.

추가납입한 금액은 연말정산 시 공제도 가능했다. 이건 생각지도 못한 혜택이었다. 회사 지급분 없이 추가납입을 해야 해서 부담되었는데, 꽤 많은 금액을 연말정산으로 돌려받았다. 추가납입 신청의 비효율적인 과정으로 인해 힘들었던 기억이 눈 녹듯 사라졌다. 그 정도 귀찮음 쯤이야!

나 혼자 받는 연금만 생각하면 얼마 안 되는 돈 같지만, 둘이 받을 연금을 더하니 생활할 만한 돈이 되었다. 가끔 주변에 은퇴계획을 말할 때, 내가 국민연금을 이야기하면 불신하는 사람들이 많다. 국민연금은 나라에서 보장하는 사회보장제도이니, 국가 부도가 나지 않는 이상 안전하게 받을 수 있는 돈이라 생각했다. 부동산도 폭락할 수 있고, 현금 가치도 인플레이션이 오면 휴지조각이 되고, 주식 역시 변동 폭이 크다. IMF 때 금융기관이 부도나는 일도 보지 않았던가. 국민연금을 못 받는 상황은 이 모든 것이 다 일어난 이후의 일 아닐까? 게다가 물가상승률까지 반영된다. 국민연금 수령 이후, 8년이 지난 74세 이후부터 받는 연금은 내가 낸 연금액 이상의 돈이다. 그렇게 죽기 전까지 받을 수 있다. 다른 방법이 더 있으면 모를까 내가 생각하기에는 가장 안전한 노후 보장 수단이었다.

연금으로 만 55세 이후부터는 안정적인 수입이 생긴다. 연금이 있어 다행이다. 연금이 없었다면, 우리는 은퇴를 위해 더 큰돈을 모아야만 했을 것이다. 의도하지 않고 준비했던 연금 덕분에 우리의 은퇴 준비가 좀 더 수월해졌다. 이제 문제는 만 55세 전까지 생활할 돈을 어떻게 마련하느냐이다.

재테크가 어려워
집을 사기로 했다 ························

　전세금 대출을 갚을 때는 재테크에 대해 별생각이 없
었다. 월급의 상당수가 대출금을 갚는 데 들어가니 고민
할 필요도 없었다. 그런데 돈을 다 갚고 조금씩 모이기
시작하자 고민이 시작됐다. 남편은 차라리 대출을 더 받
아서 좀 더 좋은 위치의 집으로 옮기자 했다. 대출을 갚
는 게 재테크 고민할 필요도 없고 좋다고 말했다. 그때
우리나라에만 있는 특이한 제도인 전세는 차츰 없어질
것이고, 월세가 정착될 거라는 재테크 강사의 말이 다시
떠올랐다. 우리는 은퇴 후 월세 비용에 부담을 갖는 대
신 집을 갖는 게 낫다고 생각했다.

난 적어도 떨어지지 않을 만한 위치의 역세권 아파트를 검색해보았다. 예산은 은퇴하기 전까지 모을 수 있는 최대 금액으로 정했다. 이왕이면 회사와 가까운 동네였으면 했지만, 회사가 있는 판교는 감히 넘볼 수 없는 가격이었다. 우리는 회사까지 대중교통으로 이동이 가능한 경기도 남부권으로 집을 알아보았다.

2008년 집값 폭락 이후 우리가 집을 알아보던 2017년까지 이 부근은 이전의 최고가를 넘지 못하고 있었다. 둘러본 몇 군데 부동산에선 매물이 부족해 가격이 조금씩 오르고 있으니, 더 오르기 전에 빨리 사라고 우리의 불안한 심리를 자극했다.

우리는 신규 분양 소식이 있을 때마다 모델하우스를 찾아다니기도 했다.

"요즘 아파트는 25평도 엄청 넓어 보이네."

"베란다 확장 안 하면 좁아. 확장을 필수로 해야 하는 구조인데 돈을 받다니! 상술이야."

"우와, 주방 넓은 거 좀 봐!"

난 새 아파트의 넓은 구조와 세련된 인테리어에 감탄하고 있었는데, 남편은 현실적인 이야기를 했다. 그래도 새 아파트가 꽤 마음에 드는 눈치였다. 모델하우스는 사람들로 가득했다. 경쟁률이 높을 것 같았다. 현실적으로 생각해봤다. 과연 우리 청약점수로 분양을 받을 수 있을까? 확률은 매우 낮았다.

"새 아파트 입주 시기가 우리 은퇴 목표 시점이잖아."
"맞아, 맞아! 당첨돼도 큰일이야."

우리는 애써 그렇게 위로하며, 다시 부동산으로 향했다. 발품을 팔아 몇 집을 돌아본 후 마음에 드는 집을 발견했다. 집에서 지하철역까지 5분밖에 걸리지 않는 아파트였다. 하지만 우리의 목표 예산을 살짝 넘기는 집이었다. 부동산에 잠시 둘러보고 오겠다는 말을 남기고, 동네를 돌아다녀 보았다. 걸어서 갈 수 있는 거리에 큰 호수 공원이 있었다. 산책을 좋아하는 우리에게는 최적의 조건이었다. 호수 공원 벤치에 앉아서 한참을 논의한 끝에 이 집을 매매하기로 결정했다.

그때는 집값이 꿈틀하기 시작할 때였고, 집주인들이 내놓았던 매물을 다시 거두어들이는 때였다. 눈앞에서 집값이 1,000만 원씩 올랐다. 우리가 결정한 아파트 집주인도 고민에 빠졌는지, 계약을 하네 마네 하고 있었다. 부동산 중개인이 중간에서 집주인을 설득했다.

"집값 올라서 돈 많이 벌었잖아. 신혼부부가 집 사려고 하는데 좀 봐줘~"

집주인은 마지못해 가계약을 하기로 했고, 우리는 서둘러 계약금을 보냈다. 중개인은 계약 내용을 정리해서 양쪽으로 문자를 보냈다. 문자에는 생년월일과 계약금 등의 정보가 담겨 있었다. 중개인이 문자를 보낸 후 집주인에게서 다시 전화가 왔다.

"신혼부부라면서요. 왜 나한테 거짓말해."

남편의 나이가 집주인보다도 많았던 것이다. 우리가 신혼부부라고 먼저 말을 꺼내지는 않았다. 중개인이 지레짐작한 거다. 남편의 나이가 많긴 하지만 결혼한 지 2년 정도 되었을 때니 신혼부부이긴 신혼부부다. 나라에서 법적으로 정한 신혼부부는 7년이 아니던가! 그렇게 우여곡절은 있었지만 결국 계약을 하기로 했다. 잔금을 내기로 했던 날, 장장 3시간을 부동산에서 기다렸다. 계약을 파기하면 어쩌나 불안했다. 하지만 뒤늦게 집주인이 나타났고, 우리는 무사히 매매에 성공했다. 이제 재테크 걱정 없이 대출만 갚으면 된다.

이 집에서 계속 살면서 은퇴자금을 따로 모으려면 앞으로 한참은 더 일해야 했다. 하지만 우린 더 이상 일하고 싶지 않았다. 우리가 전세를 구하지 않고 매매를 결심한 것은 현금가치는 떨어지지만, 부동산은 적어도 물가상승률만큼 오를 거라는 기대 때문이었다.

우리는 은퇴 몇 년 후에 이 집을 팔고 집값이 좀 더 저렴한 곳을 찾아가기로 했다. 지방도 좋은 위치의 새 아파트는 수도권만큼 비싸지만, 한적한 동네의 오래된 아파트나 주택을 매매하면 차액이 발생할 것이다. 우리는 그 차액을 은퇴자금으로 쓰기로 했다. 그리고 지방에서 매매한 주택으로 만 65세 이후 주택연금을 받을 생각이었다. 그렇게 하면 국민연금만으로 생활하는 것보다 좀 더 여유로운 노후 생활을 보낼 수 있을 것 같았다. 연고가 없으면 적응에 어려울 수도 있으니 친척들이 많이 사는 곳을 후보에 올리고 살만한 곳을 알아보기로 했다.

요즘 우리는, 지금의 집을 사는 데 가장 결정적인 조건이었던 호수 공원을 매일 산책하고 있다. 산책을 할 때면 우리가 앉아서 매매를 결정했던 그 벤치를 찾는다.

"그 벤치가 여기던가?"
"아냐, 등받이가 없잖아."
"다 비슷비슷하게 생겨서 헷갈리네."
"아 여기 있다! 우리의 역사적 벤치!"

벤치를 찾는 데 헷갈리지 않게 이름표라도 하나 새겨

두고 싶다. 은퇴 후에 살아갈 집도 가까운 곳에 공원 하나쯤은 있는 곳으로 구하고 싶다. 요즘 우리는 여행을 하다 주변에 산책할 곳이 있는 동네를 발견하면 부동산 앱을 열어 매물부터 살핀다. 서두르지 않고 이렇게 찾아다니다 보면 노후를 보낼 마음에 쏙 드는 집을 발견할 수 있지 않을까?

일을 열심히 하는 것도
재테크? ····················· ✴

은퇴 준비를 하면 할수록 점점 일하기가 싫어졌다. 아직 은퇴를 목표로 한 시기까지 한참이나 남았는데, 곧 은퇴할 거라고 생각하니 회사 일이 점점 더 힘들게만 느껴졌다. 지금 당장 은퇴하면 어떨까? 우리가 계획한 예산 중 좀 더 줄일 만한 건 없을까 살펴보기도 했다.

회사에는 독학으로 명리학을 공부해 재미 삼아 사주를 봐주는 동료가 있었다. 다들 한 번쯤은 그에게 사주를 물었다. 나도 그 동료가 시간이 나는 틈을 찾아 사주를 봐달라 부탁했다. 하루하루 견딘다는 생각으로 출근하고 있던 때였다. 혹시 사주에는 내가 원하는 답이 있을까 싶었다.

"마흔에 은퇴하고 싶은데 사주는 어때요?"
"음, 어려울 것 같은데요?"
"앗, 마흔만 기다리고 있는데! 왜요?"
"사주에 일복이 많네요. 특히 마흔 이후가 좋아요. 그
만두고 싶어도 계속 일할 팔자예요."

계속 일할 팔자라니. 하지만 일이라는 게 회사 일만
있는 건 아니니까, 은퇴 이후에 하고 싶은 일을 하게 될
지도 모른다고 긍정적으로 해석했다. 일복이 많다니 어
쩔 수 없다. 이렇게 은퇴만 생각하고 있다가는 앞으로
남은 시간을 버텨내기가 힘들어질 듯해 내 머릿속에서
은퇴라는 생각을 지우기로 했다.

우리의 은퇴 설계에서 가장 중요한 비중을 차지하고
있는 것은 연금이다. 퇴직연금을 더 받으려면 연봉을 올
려야 한다. 그 전까지는 평가나 연봉 인상에 대해 크게

신경 쓰지 않고 그냥 주는 대로 받았었다. 하지만 은퇴를 결심하고 나니 연봉 인상률이 괜히 신경이 쓰였다.

회사를 다니는 동안 평가가 괜찮은 편이었다. 내 연봉에 그다지 불만은 없었다. 일을 열심히 했고, 그만큼의 대가를 받는다고 생각했다. 지금보다 연봉을 더 올리려면 평가를 잘 받는 것도 중요하지만, 주목받는 프로젝트를 수행해서 성과를 내야만 했다. 그때 내가 속해 있던 조직은 기존 서비스를 개선하는 일을 주로 하고 있어, 그리 주목받는 부서는 아니었다.

마침, 회사에서 신규 프로젝트 TF의 멤버를 모집한다는 소식을 접했다. 평소 관심을 가지고 있던 분야였다. 사람들은 TF의 멤버 구성을 보며, 분사 예정 프로젝트라고들 말했다. 난 분사 예정이라는 것에 오히려 더 흥미가 생겼다. 주위에 주식으로 큰 부를 이룬 사람들이 많았기 때문에, 분사해서 주식을 받으면 은퇴자금을 마련하는 데 더 도움이 되지 않을까 생각했다. TF에 지원할지 고민하고 있을 때쯤 상사가 면담을 요청해왔다.

"혹시 TF에 지원해보는 건 어때요?"

"어, 네. 안 그래도 관심 있었어요."

난 위에서 생각하는 TF 구성 멤버에 속해 있었다. 안 그래도 고민 중이었는데 잘됐다 싶었다. 신규 프로젝트는 규모에 비해 소규모 인원으로 시작되었다. 일정과 목표는 이미 정해져 있었고, 우리는 목표를 향해서 달려 나가기만 하면 됐다. 명절까지 반납하면서 일하긴 했지만 소규모 인원이 주는 장점도 있었다. 의사 결정 과정이 간결했고, 팀 분위기도 좋았다. 신규 서비스를 만들어나가는 과정은 즐거운 일이었다. 출시 후 반응도 괜찮았다. 사람들은 연말 평가를 기대했다. 고생한 보람을 얻을 수 있을 것 같았다.

"동료평가가 좋네요. 어떻게 모두가 다음에도 같이 일하고 싶다고 평가를 하지."

"오, 동료평가가 좋다니 기분 좋네요."

"회사에서 아무래도 기획자보다는 개발자에게 좀 더

신경을 쓰다 보니, 이렇게 평가가 좋은데 이것밖에 못 올려줘서 미안해요."

주목받는 프로젝트에, 결과도 좋고 평가도 좋았지만, 연봉 인상과 인센티브는 기대만큼은 아니었다. 그래도 난 동료평가가 좋다는 이야기에 신이 났다.

"남편, 동료평가 결과가 나왔는데, 다 나랑 다시 일하고 싶대."

"자기가 챙겨야 할 걸 대신 다 챙겨주잖아. 나도 너랑 일하고 싶다. 그거 좋은 거 아니야. 연봉은?"

"연봉 얼마 인상이고, 인센티브는 얼마야."

"그렇게 밤낮없이 일하고 평가도 좋은데, 그것밖에 안 준다고? 좋아할 게 아니라 화를 내고 왔어야지."

남편은 옆에서 타박했지만, 난 그래도 기분이 좋았다. "연봉 인상률 이만하면 됐지 뭐, 원래 내가 예상한 것보다 지금 더 많이 모으고 있는데"라고 속으로 생각했다.

재테크에 대해 별 재주가 없는 우리다. 그냥 열심히 일하고, 좋은 평가를 받고, 연봉을 올려 받는 것이 재테크다 싶었다. "연봉이 오르면 퇴직금도 오르니까 그게 재테크지 뭐." 그렇게 생각하며 은퇴를 위해 난 더 열심히 일했다.

은퇴자금을 더 모으기 위해
선택한 이직

    사서 걱정하는 편인 나는 은퇴자금이 늘 불안했다. 살다 보면 무슨 일이 생길지도 모르는데 너무 딱 맞춰서 계산한 건 아닌가 싶었다. 남편이 안심시켜주면 괜찮아졌다가도, 혼자 있을 때면 불안한 생각이 자꾸 떠올랐다. 우리의 자산은 대부분 집에 묶여 있었다. 대출을 최대한으로 갚고 있었기 때문에 투자를 위한 여유자금도 많지 않았다. 은퇴자금을 더 모으기 위한 방법은 두 가지밖에 없었다. 내가 더 오래 일하거나, 돈을 더 받는 직장으로 이직하는 것.

    당시 우리가 다니던 직장은 자유로운 분위기였다. 함

께 일하는 사람들과 같은 목표를 이루기 위해 최선을 다했고, 그 과정은 늘 즐거웠다. 하지만 한 동료 때문에 힘든 시기가 찾아왔다. 편두통이 점점 심해졌고, 두통이 있는 자리가 부어올랐다. 병원에서도 원인을 찾지 못했다. 분명 이상한데 검사를 해보면 별다른 문제가 없었다. 일시적인 증상인가 보다 했다. 이어서 가끔 숨을 쉴 수 없는 증상까지 생기자 깨달았다. 그냥 지나가는 일인 줄 알았는데 내 생각보다 스트레스가 많이 쌓였구나. 원인을 깨닫고 나서 부서 이동이나 이직을 고민하기 시작했다.

그때, 지금보다 돈을 더 많이 받을 수 있는 회사로 이직하면 좋지 않을까 하는 생각이 들었다. 안 그래도 은퇴자금 때문에 불안했는데, 부서 이동보다는 이직이 나을 것 같았다. 이미 글로벌 전자회사에 이직했다가 스트레스를 견디지 못해 1년도 채우지 못하고 돌아온 전력이 있었기에, 이직에 대해서는 남편의 걱정이 많았다.

"어차피 곧 은퇴할 텐데. 이직하면 너 스트레스 받아서 더 힘들 거야. 그냥 있는 게 낫지 않을까?"

"여기서도 받는 스트레스인 걸. 어차피 스트레스 받으며 일할 거 돈이라도 많이 벌어야지."

오랫동안 같은 프로젝트를 하면서 사이가 좋았던 개발자 분이 이직을 한다고 했다. 퇴사 전 함께 식사를 하며 이직하는 회사에 대해 물어보았다. 지금보다 좀 더 좋은 조건이었고, 그분과 다시 일할 수 있다면 그것만으로도 좋을 것 같았다. 혹시 기회가 된다면 추천을 해달라고 부탁했다. 얼마 후 지금과 비슷한 분야의 일을 하는 부서에서 사람을 뽑고 있다고 연락이 왔다. 그분의 추천으로 면접을 보게 되었고, 최종 합격했다.

이제 연봉협상의 단계만 남아 있었다. 그때까지 난 한 번도 연봉을 '협상'해본 적이 없었다. '협상'한다 해도 금액에 큰 차이는 없을 텐데 괜히 스트레스 받지 말자는 생각에서였다. 하지만 이번은 달라야 했다. 우리의 은퇴자금이 걸린 문제다. 연봉협상을 잘하는 동료에게 협상

스킬에 대해 물었다. 동료는 내가 왜 연봉을 더 받아야 하는지 논리적인 이유를 제시해야 한다고 했다. 회사의 복지가 달라지는 부분이라든가, 이전 회사에 남아 있으면 내가 받을 수 있는 혜택을 금전적으로 보상해달라는 얘기를 하면 된다고 했다.

이직할 회사로부터 연봉 내역서가 도착했다. 연봉을 약간 올려주긴 했으나 현재 직장에서도 연말에 연봉협상을 한다면 받을 수 있는 정도였다. 굳게 결심한 대로 남편과 머리를 맞대고 내가 연봉을 더 받아야 할 이유에 대해 적어서 메일을 보냈다. 회신이 올 때까지 괜히 긴장됐다. '연봉은 더 못 올려주니 있던 곳에 그냥 계세요' 하면 어떡하지? 별생각이 다 들었다. 이렇게 스트레스 받을 거면 그냥 오케이 할 걸 그랬나 싶었다.

아직 회사의 회신을 기다리고 있을 때 엄마에게서 전화가 왔다.

"연봉협상 잘 될 거 같아, 엄마가 꿈을 꿨는데 멧돼지 두 마리가 들어오더라니까."

신기하게도 그날 회신 메일이 왔다. 그들은 처음 제시한 연봉에서 200만 원이 오른 금액을 보내왔다. 기다리면서 스트레스 받았던 것을 생각하면, 더 이상 '협상'이라는 걸 하고 싶지 않아서 바로 답장을 보내버렸다.

"멧돼지 두 마리 가격이 너무 싼 거 아니야?"

남편과 웃으며 얘기했다. 엄마의 꿈은 소박하긴 하지만 신기하게도 잘 맞아떨어졌다.

이직한 회사는 연봉에서는 큰 차이가 없었지만 인센티브를 많이 준다고 들었던 곳이다. 은퇴자금 계산 시 없었던 인센티브다. 이대로 몇 년 더 일하면 은퇴자금에 여유가 생길 것 같다. 인센티브를 생각하니 '남편이 먼저 은퇴하고, 난 몇 년 더 일해도 괜찮지 않을까?' 하는 생각도 들었다. 불안했던 마음이 조금은 안심되었다.

대출은 다 갚고
은퇴해야지 ....

　은퇴를 하면 우리에게는 더 이상 소속이 없다. 지금은 안정된 소속 덕분에 저렴한 이자로 대출을 받을 수 있지만, 소속이 없으면 지금과 같은 혜택은 받을 수 없을 것이다. 우리는 은퇴 전에 대출이나 기타 금융 관련 필요한 일을 다 마무리하기로 했다.

　처음 전세금을 대출받을 때만 해도 우린 처음 빌려보는 큰돈에 벌벌 떨었는데, 집을 사면서 받은 두 번째 대출부터는 담담했다. 그래도 우리가 평생 한 쇼핑 중에 가장 고가의 물건이다. 잔금을 이체하는 순간, 손가락 끝이 떨렸다. 제발, 떨어지지만 마라….

집을 사기 위해 받았던 대출을 다 갚아가던 어느 날, 남편과 함께 동네 산책을 하고 있었다.

"다들 집 한 채 마련하면, 그걸 기반으로 자산을 늘려가던데."

"팔고, 갈아타고 그러지."

"우리도 대출을 더 받아서 뭔가 해야 하는 거 아니야?"

지금 가진 자산은 정말 딱 떨어졌다. 은퇴 후 혹시 모를 일에 대비할 만큼 여유롭지 않았다. 은퇴 전까지 아직 시간이 좀 남았으니 대출을 더 받아서 집을 한 채 더 사거나, 다른 투자를 하면 어떨까 싶었다. 하지만 새로운 투자를 하기에는 우리가 가진 자산이 애매했다. 전세를 끼고 집을 사는 데 필요한 돈은 우리가 은퇴 전까지 갚을 수 있는 돈의 범위를 벗어난다. 만약 집값이 오른다면 팔아서 차액으로 갚을 수도 있겠지만, 무리한 투자는 두려웠다.

"대출을 더 받고 다 갚을 때까지 회사를 좀 더 오래 다닐까?"

"넌 더 다녀. 난 그냥 그만둘래."

"그럴까? 나라도 좀 더 오래 다니면 빚을 갚을 수 있을 텐데."

"그렇게 생각하면 끝도 없지."

돈이란 부족하다고 생각하면 끝도 없다. 가질수록 더 욕심나는 존재니까. 조금만 더, 조금만 더 하다가 은퇴를 포기하고 계속 일하게 될지도 모를 일이다.

"지금 모은 돈도 충분하잖아. 앞으로 시간 많이 남았으니 다른 방법이 있을 거야."

평소에 매사 부정적인 남편은 은퇴 문제에 있어서만큼은 참 긍정적이다.

그 고민을 하고 있을 때, 파이어족 관련 글을 읽게 되었다. 파이어FIRE는 Financial Independence Retire Early의

앞 글자를 딴 말이다. 2008년 금융위기 이후 미국에서 확산되었다고 한다. 파이어가 되기 위한 은퇴자금을 계산하는 공식 같은 것이 있었다.

"연 생활비 지출의 25배를 저축하고 은퇴. 그 돈을 투자해서 연 5% 이상의 수익을 내고, 4%만 인출해서 사용한다."

우리는 열심히 돈을 모아서 그거 까먹으면서 살자고만 생각했지, 모은 돈으로 투자를 해서 생활비로 쓰는 건 깊이 생각해보지 않았었다. 만약 은퇴자금으로 투자해서 수익을 낼 수 있다면, 지금은 부족해 보이는 은퇴자금이 충분해질 수도 있다.

연 5% 이상의 수익은 어떻게 얻을 수 있을까? 투자는 실패의 가능성도 크다. 은퇴자금이니 무모한 투자를 할 수는 없었다. 안전한 투자처가 필요한데, 안전한 투자는 그만큼 수익률이 높지 않았다.

파이어족 카페 같은 곳을 들락거리면서 정보를 찾아

보다 '월 배당금으로 생활하고 있어요'라는 글을 보았다. 배당금은 1년에 한 번이나 반기에 한 번 정도 주는 걸로 알고 있었는데, 월 배당금으로 생활이 가능하다니! 이 사람은 어떤 투자를 하고 있을까? 알아보니 미국 주식은 우리나라보다 배당금을 자주 지급하는 회사들이 많았다. 배당금이 높은 주식을 모아 월 배당을 주는 ETF 상품도 다양했다. 목돈을 투자하면 월 배당으로 생활비가 어느 정도 가능할 듯싶다.

하지만 은퇴자금으로 당장 해외 주식을 시작하는 건 두려워 우선 내 용돈으로 시작해보기로 했다. 그냥 밖에서 들여다보는 것과 직접 투자해서 느끼는 것은 차이가 크니까. 소액으로 미국 주식 투자를 시작했다. 나스닥 100과 S&P 500에 투자하는 ETF 상품을 샀다. 수익률이 높지 않아도 배당률이 높고 안정적인 것으로 골랐다. 이제 투자한 지 6개월쯤 지났다. 배당률은 연 6% 정도 된다. 그것을 열두 달로 나눈 금액이 매달 안정적으로 입금되고 있고, 평가손익은 현재까지 10%다. 이렇게 꾸준히 할 수만 있다면 은퇴 후 집을 정리하고 나서 투자만으로도 안정적인 생활이 가능할 것 같다.

은퇴를 하면 연금 외에는 더 이상 소득이 없을 거라고 생각했다. 하지만 투자를 시작하기로 마음을 정했으니 투자와 금융소득에 대한 기본상식은 알고 있어야 했다. 내가 가장 관심을 가지고 있는 주식 배당금은 2,000만 원 이하면 15.4%의 세율이 부과된다. 하지만 배당금과 같은 금융소득이 2,000만 원을 넘으면 종합소득세를 내야 한다. 배당금 2,000만 원이라니, 내가 그 이상의 배당금을 받을 일이 있을까? 그렇게 된다면 행복한 고민이 될 것 같다.

2023년부터는 '금융투자소득세'가 신설된다고 한다. 금융투자소득세란 금융투자로 발생한 소득을 하나로 묶어 동일한 세율이 적용되는 세금이다. 지금까지는 금융투자 방식에 따라 세금의 종류와 세율도 다 달랐는데, 이를 통합하여 '금융투자소득세'가 신설되는 것이다. 소액주주의 경우 '금융투자소득세'가 적용되기 전까지는 국내 주식의 양도소득세가 부과되지 않았고, 국외 주식에만 양도소득세 20%가 부과되었다. 그래서 사람들은

2023년 전까지 국내 주식을 매도하겠다는 말도 한다. 하지만 '금융투자소득세'가 적용된다고 해도 금융투자로 발생한 소득이 5,000만 원 이하면 과세되지 않는다. 주식을 매도해서 1년에 5,000만 원의 소득을 얻기란 쉬운 일이 아니다. 세금을 많이 내더라도 투자해서 소득이 생긴다면 없는 것보다는 좋은 일이니까 난 과세표준과 공제금액만 기억하기로 했다. '금융투자소득세'의 과세표준은 다음과 같다.

> **과세표준 (금융투자소득금액-금융투자이월결손금-금융투자소득기본공제) X 세율 = 산출세액**
> - 금융투자소득금액: 과세범위에 해당하는 주식, 채권, 펀드 등의 금융투자를 통해 발생한 수익
> - 금융투자이월결손금: 과세기간 5년간 발생한 결손금
> - 금융투자소득기본공제: 국내 상장주식 등 5,000만 원, 해외 주식 등 기타 금융투자소득의 경우 250만 원
> - 세율: 과세표준 3억 이하는 20%, 3억 초과는 25%
> (※ 법률신문 기사 참고)

여러 번 읽어보아도 복잡하다. 하지만 금융회사를 통해 거래한다면, 금융회사가 직접 반기에 한 번씩 내 계좌에서 알아서 세금을 인출해 납부한다. 그러니 기본공제 금액만 확실하게 기억하고 있으면 된다.

　아빠가 수학 선생님이었지만, 난 수학을 정말 못했다. 숫자가 많이 나오니 머리가 복잡해졌다. 난 복잡한 문제를 내 방식대로 단순화시켰다. 내가 잘 모르는 회사에 투자하는 것은 위험하니, 잘 아는 회사에만 직접 투자하기로 했다. 그리고 잘은 모르지만 유망한 사업에 대해서는 ETF 투자를 시작했다. 세금 문제는 복잡하기는 하지만 대체로 알아서 떼어가기 때문에 종합소득세 신고가 필요한 기준 금액만 우선 기억하기로 했다.

　이제 막 투자를 시작해서 좀 더 공부가 필요하기는 하지만, 원래 계획대로 지금 살고 있는 집의 대출만 다 갚고 은퇴하기로 했다. 지금에라도 시작하면 모아둔 은퇴자금을 투자해 부족한 돈을 마련할 수 있을 것 같다. 회사에 더 오래 다니지 않아도 투자를 통해 생활비를 마련하는 방법을 찾았다. 남편 말대로 다른 방법은 있었다.

용돈벌이를 위한
주식 투자 입문기

    우리는 결혼하면서 동일한 금액의 돈을 나누어 가졌었다. 서로가 알고 있는 생활비와 정해진 용돈 외에 각자 비밀 공간이 필요했기 때문이다. 우리는 그 돈으로 각자 주식 투자를 하면서, 월 10만 원이라는 부족한 용돈을 채울 방법을 모색했다.

    같은 금액으로 투자를 시작해도 어떻게 투자하느냐에 따라 한 집안 내에서도 용돈 빈부 격차가 발생할 수 있다. 우리의 주식 투자 입문기를 공유해본다.

마흔, 부부가 함께 은퇴합니다

남편의 주식 투자 성공기

남편은 문과적 감성을 보유한 이과생 남자다. 복잡한 세상의 이치를 단순히 숫자로만 분석하고 판단한다. 그의 첫 주식 투자 종목은 조선업이었다. 주식 한번 해볼까 하는 생각에 투자할 종목을 찾다가, 조선업 주식 차트를 보고는 '이거다!' 생각했단다. 그는 1년 전만 해도 30만 원이 넘던 주식이 7만 원대에 거래되는 걸 보고, 가지고 있던 모든 돈을 조선업 주식에 넣었다. 다시 원래 가격으로 회복하면 몇 배를 버는 걸까 계산하며 좋아했다. 하지만 조선업은 이후 극심한 어려움을 겪었고, 인내로 버티던 남편은 결국 2만 원가량에 가진 주식 전부를 팔았다.

남편은 한국 프로야구 창단 때부터 쭈욱 두산 팬이었다. 야구팬으로만 남았으면 좋았을 텐데, 그는 팬심으로 두산 주식을 사들였다. 두산의 주가는 야구 성적만 못했다. 우승만 하면 주가가 오를 거라던 남편은 야구 성적과 주가는 그다지 관계가 없다는 것만 깨닫고 팔아버렸다.

몇 번의 실패를 경험한 후 그는 한동안 주식을 하지

않겠다 선언하기도 했었다. 그러다 비자금이 생긴 이후 용돈을 불리기 위해 고민하다 다시 주식 투자를 시작한 것이다. 이번에는 운이 좋았다. 그가 있던 팀에는 주식 고수가 있었다. 팀 사람들과 재테크 관련 이야기를 하다 몇 개의 주식을 추천받은 그는, 정확히 어떤 회사인지 알아보지도 않고 그 주식을 샀다. 배터리 부품 생산 업체와 의료기기 관련 업체라고만 들었다. 다행히 이제 남편은 투자금 올인은 하지 않는다. 추천받은 주식으로만 조금씩 사고팔기를 반복한다. 특정 주식만 오래 거래하다 보면 떨어졌다 다시 오르는 사이클이 보이기 마련이다. 남편은 떨어지면 사고 오르면 팔고를 반복하며 소소하게 수익을 거두어나가고 있다. 그러나 남편은 아직도 그 회사가 어떤 회사인지 정확히 설명하지 못한다.

은퇴가 다가오자 남편은 주식으로 좀 더 큰돈을 벌어야지 결심했나 보다. 마침 집 살 때 만들었던 마이너스 통장이 있었다. 남편은 마이너스 통장으로 돈을 끌어다 투자를 시작했다. 금액이 커지다 보니 주가가 떨어지면 크게 손해를 보고, 오르면 큰 수익을 얻었다. 그날의 주가에 따라 남편의 표정이 달라졌다. 그러다 코로나19(이후 코로나)가 발생했고 주가는 폭락했다. 남편은 지금이 기회다 생각하며 돈을 더 끌어다 투자를 시작했다. 코로나 이후 주가는 이전에 보이던 사이클을 벗어나기 시작했다. 충분히 떨어졌나 싶어서 매수하면 더 떨어졌고, 이제 많이 올랐다 싶어서 팔면 더 올랐다.

　마이너스 통장을 아직 정리하지 못하고 있던 때에, 남편의 퇴사일이 다가왔다. 남편은 우리가 대출을 다 갚으면 바로 은퇴하기로 되어 있었다. 남편은 우울해했다. 가뜩이나 코로나로 외출도 못하고 있는데 주식까지 손해를 보고 있으니 그럴 만했다. 그런데 은퇴 목표일을 한 달 정도 앞둔 시점에 주가가 극적으로 회복되기 시작했다. 남편은 마이너스 통장을 다 갚고도 꽤 괜찮은 수익을 거두었다.

　"얼마나 벌었어?"
　"비자금인데 왜 자꾸 알려고 그래? 내가 다 못 쓰면 기

부할 거라니까."

"안 건드려. 그냥 궁금해서 그러지."

"너 은퇴하면 혼자 호캉스나 한번 다녀와! 내 돈으로 숙박비 지원해줄게!"

남편이 입꼬리를 살짝 올리며 이야기한다. 기분 좋을 때 나오는 표정이다. 얼마를 벌었기에 그런 걸까. 운이 좋아서 다행이었지 위험한 방법이다. 어느 정도 이득을 본 지금은 마이너스 통장을 없애고 가진 돈으로만 소소히 하는 듯하다.

나의 주식 투자 입문기

난 주식 같은 건 절대 안 할 줄 알았다. 주식은 도박과 비슷하게 느껴졌다. 오직 적금과 정기예금으로만 돈을 모았었다. 그러다 결혼 후 집 때문에 큰돈을 대출받게 되었고, 그 돈을 갚아나가다 보니 이게 돈 버는 거구나 싶어 생각을 달리하게 되었다.

난 비자금이 생긴 이후에 첫 주식 투자를 시작했다.

내가 잘 모르는 회사의 주식을 사기는 두려웠다. 그때는 회사 일로 정신없었으니 계속 차트를 들여다볼 수도 없었다. 그냥 내가 잘 아는 회사이거나 국민주로 불리는 회사의 주식을 사두고 신경 쓰지 말자 생각했다. 분산투자를 해야 안전하다고 어디서 들은 얘기는 있어서 나름 업종도 다양하게 구비했다. 하지만 지금 생각해보면 그건 투자금이 많을 때나 적용 가능한 얘기가 아닐까 싶다. 얼마 되지 않는 돈으로 분산투자를 하다 보니, 주가가 비싼 회사의 주식은 겨우 한 주만 보유한 경우도 있었다.

처음 투자를 시작했을 때는 호황이었다. 난 조금만 올라도 남편에게 수익률을 자랑했다. 그때 남편은 "요즘 시장에서도 돈 못 벌면 주식 절대 하지 말라더라"라고 말하며 너무 성급히 좋아하지 말라고 했다. 남편 말대로 주가는 하락하기 시작했고, 내 수익률은 조금씩 내려갔다. 손해 보고 팔기는 싫어서 그냥 계속 들고만 있었다. 비싸서 몇 주 없던 주식의 주가가 떨어지면 조금씩 추가 매수를 하면서 오래 들고만 있었다. 그러다 떨어졌던 주가가 조금씩 오르기 시작했고, 다시 수익률에 빨간색이 보였다.

나도 남편처럼 코로나로 주가가 폭락했을 시기에 추가 매수를 하긴 했다. 다만 마이너스 통장을 만들지 않고, 보유한 현금으로만 투자했기 때문에 남편처럼 많은 금액을 투자하지는 못했다.

코로나 이전에는 내가 보유하고 있는 주식의 사이클이 어느 정도 보였지만 코로나 이후는 예측하기 어려웠다. 하락한 주가는 회복되나 싶다가도 계속해서 올랐다. 코로나가 언제 해결될지 기미도 보이지 않는데 괜히 불안해졌다. 이러다 다시 폭락할 것만 같았다. 30% 정도 수익이 발생했을 때 이 정도면 충분하다 생각하고 가지고 있던 주식 전부를 매도했다. 괜찮은 수익을 거둔 것 같아 한동안 괜히 뿌듯했다. 하지만 그 이후로도 주식은 계속 올랐다. 내가 매도한 금액의 두 배 이상 뛴 것도 있었다. 남편은 "사고 나서 떨어진 것보다, 팔고 난 후 오르는 게 더 속상한 법이지"라며 약을 올렸다.

난 도덕경을 읽으며 마음을 비우는 방법을 배웠다. 농담이 아니라 진짜다. 난 그렇게 후천적 학습을 통해 언제부턴가 질투, 후회와 같은 감정을 잘 느끼지 않는다. 주가 변동으로도 크게 스트레스를 받지 않았다. 사고 떨어져도 '언젠가는 오르겠지" 생각하며 위안했고, 팔고 올라도 '그래도 돈 벌었으니 괜찮아'라고 생각했다. 주식을 계속해도 괜찮을까 걱정했었는데, 주식은 회사 일처럼 나에게 스트레스를 주지 않았다. 은퇴 후 꾸준히 용돈벌이는 할 수 있을 것 같다.

5장

은퇴
'예행연습'

본격실습 편

은퇴 후
우리만의
소득 분배 원칙 ···············

동네 산책을 하다 '로또 1등 당첨'이라고 써 붙어 있는 편의점을 발견했다. 남편이 말했다.

"로또나 살까?"

그 편의점은 1등 당첨 홍보 효과 때문인지 로또를 사는 손님들이 많았다. 편의점 계산대와는 별도로 로또만 판매하는 공간이 있었다. 우리는 로또 번호 자동 선택으로 만 원 어치를 사고, 5,000원씩 두 장의 종이를 받아 들었다.

"둘 중에 어느 걸 가질 거야?"

남편이 로또 두 장을 비스듬히 펴 들고 내 쪽을 향했다. 종이를 뚫어져라 쳐다봤다. 자세히 본다고 다를 건 없지만 신중히 한 장을 뽑아 들었다.

"만약에 내가 뽑은 종이에서 로또 당첨되면, 다 내 건가?"
"무슨 소리야! 우리가 정한 소득 분배 원칙에 따라야지."
"1등은 금액이 크니까, 예외 원칙을 정하자."
"그럼 용돈으로 각각 1억씩 가질까? 양가에도 1억씩 드리자!"

우리는 되지도 않은 로또 당첨금을 가지고 분배 원칙을 논했다. 그렇게 1억씩 나누어 가지고, 나머지는 생활비로 하자고 했다.

"만약 2등 되면 어떻게 해?"
"생활비만 내고 당첨자가 다 가져야지!"

2등부터는 우리가 정한 소득 분배 원칙을 따르기로
했다.

　　우리는 월급이 아닌 생일 기념 용돈을 받거나 기대하
지 않았던 회사 인센티브가 들어오면, 그 돈을 생활비로
할지 개인이 가질지를 주제로 논쟁했다. 결론은 대부분
금액이 크면 생활비, 적으면 용돈이 되었다. 은퇴 후 둘
중 누군가에게 기대하지 않았던 소득이 생기면, 얼마를
생활비로 할 것인지도 논쟁거리가 되었다. 우리는 미리
분배 원칙을 정해두기로 했다.

　　"우리 월 생활비만큼만 낼까?"
　　"생활비만큼 돈 벌기가 얼마나 힘든지 알아?"
　　"절반은 생활비, 절반은 용돈!"
　　"세금을 절반이나 떼다니 너무한 거 아니야?"

　　이런 대화 끝에, 소득이 생활비의 두 배보다 적으면
그 절반을 생활비로 하고, 소득이 생활비의 두 배보다
많으면 생활비 275만 원만 내고 나머지 금액은 모두 개

인이 가지기로 했다. (월 생활비는 매달 들어가는 돈에 연간 고정비로 지출해야 하는 비용 300만 원을 1/n로 포함해 계산했다.) 로또 2등 당첨금이 6,000만 원이라면, 275만 원은 생활비로 내고, 나머지 5,725만 원은 다 당첨자의 소유가 되는 것이다.

"1등보다 2등이 기분 좋을 거 같아. 1등은 나눠 가지지만 2등은 대부분 내가 갖는 거잖아."

설명해도 왠지 어려운 것 같다. 원칙을 표로 정리하면 이렇다.

은퇴 후 소득 분배 원칙		
1. 소득이 1,000만 원일 경우	2. 소득이 400만 원일 경우	3. 소득이 100만 원일 경우
=> 생활비: 275만 원 => 용돈: 725만 원	=> 생활비: 200만 원 => 용돈: 200만 원	=> 생활비: 50만 원 => 용돈: 50만 원

남편은 치앙마이에서 홀로 한 달 살기를 한 적이 있

다. 혼자 있으면 심심할 테니 이것저것을 배워보겠다고 했다. 한 달 살이 비용은 남편의 용돈으로 했지만, 배우는 건 생활비 지원을 약속했다. 남편은 그곳에서 타이 마사지를 배워왔다. 돌아와서는 나를 대상으로 배워온 마사지를 실험했다. 혹시 뼈라도 부러지면 어떡하나 두려웠지만, 유학까지 보냈으니 생활에 보탬이 되어야 했다. 나는 떨리는 마음으로 남편이 바닥에 깔아둔 이불 위에 누웠다.

남편이 배워온 마사지를 다 하는 데는 1시간 30분이 걸렸다. 마사지가 끝난 후, 남편은 힘든지 땀을 뻘뻘 흘리고 있었다. 태국에서 전문가에게 받았던 마사지만큼 시원했고, 뭉친 근육이 다 풀어지는 것 같았다.

"유학 보낸 보람이 있네, 진짜 시원해!"
"코쿤 카, 만 원입니다."

남편이 두 손을 모으고 머리를 숙이며 말했다. 마사지 1회 당 만 원을 받았다. 그렇게 남편의 용돈벌이가 시작되었다.

난 30대 중반을 넘어가면서 흰머리가 많아졌다. 머리카락이 전부 하얗게 센 것은 아니라서 그냥 두면 지저분해 보여 염색을 하기 시작했다. 미용실에서 염색을 한지 한 달 반 정도가 지나면 흰머리가 그새 삐죽 올라왔다. 아직 흰머리를 드러내며 나이 듦을 인정하고 싶지 않아 조금이라도 솟아오르면, 미용실에 가서 뿌리 염색을 했다. 뿌리 염색만 해도 최소 6만 원 정도 들었다. 돈을 벌 때는 부담되지 않는 금액이었지만, 은퇴 이후에도 한 달에 6만 원씩 쓸 수는 없었다.

"염색 내가 해줄까? 5,000원만 받을게."
"잘할 수 있겠어? 경험이 없으니 하는 거 봐서."

남편의 염색 실력은 미용실만큼은 안되지만, 흰머리가 밖으로 보이지는 않으니 괜찮았다. 무엇보다 5,000원에 해결할 수 있으니까! 남편은 마사지와 염색으로 나에게서 용돈을 벌어갔다. 하지만 난 남편에게 돈을 받고 할 것이 없었다. 우리의 각자 한 달 용돈 10만 원에서 마사지를 받고 염색을 하면 8만 5천 원밖에 남지 않는다. 나도 남편에게서 용돈벌이 할 방법이 뭐 없을까 고민하다 하나씩 던져보았다.

"당신이 집안일 하기 귀찮을 때, 내가 전부 하고 건당 5,000원 어때?"
"나 집안일 별로 안 귀찮은데?"

남편은 아침잠이 많아서 내가 깨워주지 않으면 못 일어났는데, 그게 생각났다.

"아침에 깨워주는 걸 유료화할까 해. 월 이용료 5,000원!"
"네가 안 깨우면 난 더 자고 좋지~"

더 이상 생각이 나지 않아서 대놓고 물어보기도 했다.

"내가 당신한테 해줄 수 있는 거 없나? 당신이 하고 싶은 게 있어야 돈을 낼 거 아니야."

"난 다 가지고 있어서 더 필요한 게 없어."

남편만 용돈벌이 하는 게 괜히 억울해서 떼도 써봤지만 할 수 있는 게 없었다. 이렇게 된 거 남편에게서 생활비라도 벌어보자 싶었다. 바로 '맥주 유료화 제도'다.

"이제 집에서 맥주 마실 때 용돈으로 한 캔에 1,000원씩 내고 마시는 건 어때?"

"그럼 밖에서 사 먹지 왜 집에서 마셔?"

"한 캔에 1,000원이면 마트보다도 훨씬 싼데? 그리고 돈을 내면 술을 좀 줄이지 않겠어?"

남편은 썩 내키지 않는 표정이었지만, 마지못해 동의했다. 잠시 후 남편에게 선심 쓰듯 얘기했다.

"주말에 축구 볼 때 정도는 무료로 해줄게."

갖고 싶은 걸 다 가지면
물욕이 줄어들까?

은퇴 이후 우리는 지금보다 가난해진다. 하지만 둘 다 물욕이 없는 편이니 크게 문제 되지 않을 거라 생각했다. 10년 넘은 국산차를 타고 다녔고, 그 흔한 명품 가방 하나 없었다. 정말 여행 말고는 크게 소비하는 게 없다고 생각했었다. 그런데 은퇴 예산을 정한 후, 남편과 이런 대화를 자주 하게 된다.

상황 1. 동네 단골집에서 대창을 먹다가

"이제 은퇴하면 대창도 자주 못 먹겠지?"

"대창이랑 소주, 볶음밥까지 하면 5만 원이 넘네."

"대창 이별식 하러 한 번 더 오자…."

상황 2. 여행지의 비싼 숙소에서

"이런 비싼 숙소는 우리 생에 마지막이 아닐까?"

"로또 당첨되지 않는 한."

상황 3. 비싼 조미료로 요리를 하면서

"이제 간장, 버터도 싼 거 써야 하지 않을까?"

"우린 2인 가구잖아. 많이 쓰지도 않는 걸. 이 정도는 계속 써도 돼!"

앞으로 즐기지 못할 일들이 아쉽지만, 그 대신 회사에 시간을 쏟느라 할 수 없었던 일들을 즐길 수 있을 것이다. 우리에게 다가올 가난이 두렵기보다는 설렜다.

남편은 정말 물욕이 없는 사람이다. "난 어릴 때 갖고 싶은 걸 다 가져봐서 그래. 후훗." 근데 물욕이 없어도 정말 너무 없어서 다 떨어진 신발을 신고 다니면서 "가죽 신발은 이런 게 멋스러운 거야. 애가 촌스럽게"라고 말한다. 겨울에도 낡아빠진 늦가을용 잠바를 입고 다닌다. "네가 안 입어봐서 그래, 이게 얼마나 따뜻한데. 그리고 아직 떨어진 거 하나 없이 새 거야!" 이렇게 말하는 남편은 본인 것은 사지 않으면서도 내가 어떤 것에 관심을 보이면 꼭 사라고 말한다. "마음에 드는 걸 찾는 게 얼마나 힘든 줄 알아? 진짜 맘에 든다면 꼭 사야 해!" 하지만 남편이 소비를 하지 않으니 나도 괜히 눈치가 보인다.

가난해도 초라해지고 싶지는 않다. 하지만 은퇴하면 필요한 물건이 있어도 부담스러운 가격이면 사지 못하게 될 것만 같다. 이런 고민을 말했을 때 남편은 별일 아니라는 듯 말했다.

"이번에 네가 받은 인센티브는 너 필요한 데 다 써."

남편의 허락이 있었으니 난 아직 수입이 있을 때 그동안 살까 말까 망설였던 물건들을 미리 사두기로 했다. 인생 처음이자 마지막 사치다. 이전에는 비싼 물건을 사는 것이 돈 낭비인 줄 알고 아까워했다. 대신 싸고 괜찮아 보이는 물건들을 샀는데, 저렴한 물건들은 오래 쓰지 못했다. 낡아서 버리거나 유행이 지나서 버렸다. 비싼 걸 하나 사서 오래 쓰는 편이 낫다는 걸 너무 늦게 깨달았다.

옷을 잘 입으려면 기본 아이템에 투자하라는 말을 들었다. 계절별로 제대로 된 옷 한 벌씩은 사기로 했다. 난 무난한 컬러와 모양의 기본 스타일을 좋아하는데 이게 쇼핑하기가 은근히 어렵다. 기본 아이템은 한마디로 극과 극이다. 저렴하거나 비싸거나. 보통의 여성 브랜드 옷들은 화려한 스타일의 유행 아이템이 많았다. 저가 브랜드에는 기본 아이템은 많았지만 보기에는 예뻐도 입어보면 조금씩 애매했다. 내가 키도 크고 날씬하다면 아무거나 입어도 어울리겠지만, 난 키도 작고 팔이 짧아서 딱 맞는 옷을 사기가 어려웠다.

추운 겨울날, 늘 그렇듯 남편과 백화점을 산책 삼아 구경하고 있었다. 낯선 브랜드의 매장을 지나고 있는데 딱 내가 좋아하는 스타일의 옷이 전시되어 있었다.

"네가 좋아하는 스타일이네. 한번 입어봐."

코듀로이 소재로 된 롱스커트가 마음에 들었다. 입어 보니 눈으로 본 것보다 훨씬 더 라인이 예뻤다. 지금까지 코듀로이 소재 롱스커트를 사려고 여러 번 돌아다녔지만 마음에 드는 걸 발견하지 못했었다.

"잘 어울리네. 사."

설레는 마음에 가격표도 보지 않고 계산대로 갔다.

"58만 원입니다."

헉… 남편도 나도 놀랐지만 애써 태연한 표정을 지으며 카드를 내밀었다. 하지만 처음이 어렵지, 난 곧 새로운 브랜드의 세계에 빠져 들었다. 그 브랜드 외에도 기본 스타일이지만 디테일이 깔끔하고 소재가 좋은 다양한 고가 브랜드가 있었다. '페루 피마코튼 소재의 맨투맨 티셔츠'는 평범해 보였지만 입으면 마치 블라우스처럼 차르르 떨어지는 게 마음에 들었다. '끝단 처리를 하지 않은 것이 특징인, 얇은 면소재의 검은색 롱스커트'는 정말 볼 땐 몰랐는데 입어보니 없는 라인도 만들어주는 디자인이었다. 아 이래서 사람들이 비싼 옷을 사는구나 싶었다. 비싼 물건을 사기 전 "나 이거 할머니 돼서도 입을 거야"라고 말한다. 오래 쓸 거니 비싸도 괜찮다, 라는 마음의 위안이다.

한번 터진 내 쇼핑 욕구는 주방용품으로 이어졌다. 남편과 단골로 가는 크래프트 맥주집에서 감바스를 자주 시켜 먹었는데 양에 비해 비싸다는 생각을 항상 했었다.

"은퇴하면 이거 먹기도 어렵겠다. 감바스는 이제 집에서 만들어 먹자."

집에는 감바스를 만들 적당한 크기의 냄비가 없었다. 새우가 잠길 정도로 올리브유를 넣어야 하니 작은 크기의 얇은 냄비가 필요했다. 감바스를 만들기 위한 냄비를 찾아다니다 식탁에 올려두기만 해도 요리가 완성될 것 같은 비주얼의 작은 주물팬을 발견했다. 이것이 시작이었다. 그 후,

"주물냄비가 있으면 무수분 수육을 할 수 있대."
"국도 주물냄비에 끓이면 더 맛있다네."
"맛있는 스테이크를 먹으려면 스테인리스 프라이팬을 써야 한대."

이런저런 핑계로 비싼 주방 브랜드의 냄비와 프라이팬을 샀다. 하지만 난 요리엔 똥손이라 정작 요리를 하는 것은 내가 아니라 남편이었다. 주물이나 스테인리스 제품은 사용 방법이 간단하지 않았다. 남편이 처음으로 했던 감자전은 프라이팬과 절반씩 나누어 먹었다. 그 이후 남편은 그 비싼 주방용품들을 잘 쓰지 않았다. 주물 대신 저렴한 코팅 팬을 썼다. 남편이 다시 주물 제품을 사용하게 하기 위해 방법을 찾아보았다. 유튜브에서 몇 개의 요리 동영상을 찾아본 후 결론을 냈다.

"예열만 하면 어렵지 않네!"

내가 찾은 방법으로 미리 예열을 하고 기름을 둘렀다. 그리고 부추전을 시도했다. 결론은 성공! 예열 방법을 알고 나니 복잡하지 않았다.

"요즘 너무 많이 사는 거 아니야?"
"주물팬은 한번 사면 평생 쓸 수 있대!"

남편 말처럼 갖고 싶은 걸 다 가지면 물욕이 줄어드나 보다. 이제는 백화점을 가도 더 이상 살게 보이지 않는다. 그동안 산 물건들은 다 평생 쓸 수 있는 것들이다. 괜찮다. 괜찮다.

욕구를
'실속 있게 채우기 위한'
나만의 소비 습관 ······················ ✸

10년 전쯤 제주도에서 회사 생활을 할 때의 일이다. 지금의 제주도야 카페도 많고 가게도 많이 생겼지만, 그때는 달랐다. 카페도 몇 군데 없었고 쇼핑이 하고 싶으면 마트를 가야 했다. 가구나 옷 등 생활용품이 필요하면 그 모든 것을 마트에 가서 해결했다. 제주도에서 근무하는 사람들 누구나 비슷해서, 어떤 집에 놀러 가도 어디서 샀을지 짐작할 수 있는 가구가 놓여 있었다. 돌이켜 보니 그때는 생활비가 적게 들었다.

지금처럼 스트레스 해소용 구매도 많지 않았다. 쇼핑할 곳이 없기도 했지만, 스트레스 해소를 위한 건강한 방법이 많았다. 난 힘들 때면 혼자 나가서 바닷가를 드라이브했다. 멍하니 바다를 보고 있으면 힘든 일을 잊을 수 있었다. 제주도는 여가를 즐기는 것에 많은 돈이 들지 않았다. 휴일에는 바다를 가거나 숲과 오름을 다녔다. 단, 그러다 주말에 수도권 집으로 올라올 때면 폭풍 쇼핑을 하게 됐다. 눌려 있던 욕구가 폭발하는 순간이었다. 쇼핑을 해야지 결심하고 간 것은 아니었다. 그냥 평소에 못 보던 물건이 보이니 갖고 싶어졌던 것이다.

우리의 생활비 지출은 편차가 심하다. 그만큼 충동구매가 많다는 거다. 그 충동구매는 주로 겨울에 이루어진다. 겨울의 날씨는 매서워서 산책을 좋아하는 우리는 가까운 백화점 구경으로 산책을 대신하는데, 갖고 싶은 물건이 눈에 보이면 유혹을 참기 어려웠다. 보이지 않으면 사고 싶은 생각도 들지 않으니, 겨울 백화점 산책을 좀 줄여야 할 것 같다. 은퇴 후에는 백화점이 없고, 겨울도 따뜻한 동네로 이사를 가야 하나. 겨울 산책 코스를 좀 더 고민해봐야 할 것 같다.

남편의 쇼핑은 결혼 전에 끝이 났다. 연애 시절에는

세일도 하지 않는 고가의 물건을 가격표도 보지 않고 사던 남자인데, 지금은 다르다. 물건을 사는 것에 관심이 없어졌다. 물건을 사는 눈이 좀 더 까다로워진 것인지도 모른다. 쓰던 물건이 낡아서 어쩔 수 없이 새로 사야 할 때가 오면 그는 까다롭게 골라 꽤 비싼 가격의 물건을 샀다. 남편이 고른 물건은 비싼 만큼 튼튼했고, 질리지 않았다. 남편이 산 물건 중 쓰지 않는 것은 없었다. 남편은 은퇴를 위해 준비된 남자였다.

가계부를 들여다보면, 나를 위해 산 물건들이 많았다. 은퇴를 위해서는 내 소비 습관을 바꿔야 했다. 난 피부에 꽤 신경을 쓰는 편이지만 시간을 들여서 관리할 시간은 없어 주기적으로 피부과에 다녔다. 피부과는 한 번만 가도 피부의 변화를 느낄 수 있었다. 공들여 피부를 관리하는 것보다 훨씬 효과적이라고 생각했다. 하지만 은퇴 후에도 비싼 돈을 들여 피부과를 계속 다닐 수는 없다. 난 돈을 들이지 않고도 피부를 관리하는 방법을 찾다가 어느 날 이나영이 광고하는 LED 마스크 광고를 보았다. LED 불빛으로 피부톤을 개선해주는 제품이었는데 '9분'만 쓰고 있으면 된다는 말에 호기심이 생겼다.

"나 LED 마스크 살까? 9분만 쓰고 있으면 되네."
"플라시보 효과 같은 거 아니야?"
"아냐, 광고글 아닌 걸로 찾아봤어. 진짜 괜찮대."
"그럼 사든가."
"이거 사면 나 더 이상 피부과 안 갈 거야!"

나를 위해 비싼 물건을 산다는 것이 괜히 미안해, 남편에게도 마스크를 씌웠다. 내가 마스크를 하고 난 후 남편에게 넘겨서 반강제로 하게 했다. 매일 9분씩 남편과 함께 마스크를 썼다. 생각보다 효과는 있었다. 친정에 갔을 때 엄마는 남편을 보더니 "어머, 피부가 환해졌네"라고 말했다. 그 후 내가 시키지 않아도 남편은 나를 따라 마스크를 썼다. 내 피부를 보고 달라졌다고 하는 사람은 없었지만, 그건 '난 꾸준히 관리했기 때문일 거야'라고 생각했다. 이제 피부과 비용을 아낄 수 있다!

이전엔 화장품도 좋은 걸 썼다. 화장품을 고르는 것

도 시간을 들여야 하는 일이니 주변에서 좋다고 말하는 유명한 브랜드의 것을 사곤 했다. 그래도 화장을 잘 하고 다니지 않으니, 그 비용이 많이 들지는 않을 거라 생각했는데 가계부를 보면 아니었다. 별생각 없이 샀던 기초화장품 비용이 꽤 많이 들었다. 화장품 비용도 줄여야 했다. 나는 화장품 평가 앱에서 유명한 브랜드의 화장품이 아니라 후기가 좋은 저렴한 화장품으로 신중히 골랐다. 화장품 다이어트도 시작했다. 스킨, 에센스, 로션, 크림 이게 다 필요할까? 로션과 크림은 비슷해서 둘 중에 하나만 바르면 된다고 했다. 스킨과 에센스도 마찬가지였다. 그래서 기초화장품은 스킨과 크림만 쓰기로 했다. 하나 둘 습관을 바꿔도 내 피부에는 큰 변화가 없었다.

난 약간 곱슬거리는 머리다. 자연스러운 웨이브 머리가 아니라 곱슬거려서 부스스해 보이는 머리다. 대학 때부터 꾸준히 미용실에서 볼륨매직을 해왔다. 내 원래 머리로 살아본 지가 오래되었다. 학생 때는 무조건 저렴한 미용실을 찾아다녔지만 이제는 머릿결도 많이 상했고, 스타일이 마음에 안 드는 것도 스트레스가 되다 보니 가까운 곳에 있는 괜찮은 미용실을 다녔다. 헤어스타일에 변화도 자주 주는 편이라서 머리에 들이는 비용이 꽤 되었다. 저렴한 미용실과 비싼 미용실의 가격 차는 크다. 이 비용을 아껴야 했다. 그래서 미용실 예약 서비스에서 비싸지 않지만 평이 좋은 동네 미용실을 찾아다녔다. 몇 번의 실패 끝에 정착할 미용실을 찾을 수 있었다.

미용실 가는 횟수를 줄이려면 이제 부스스하게 곱슬거리는 내 머리로 살아야 한다. 하지만 볼륨 매직한 머리가 자라서 경계가 지는 것을 보면 맘이 쓰여서 결국 참지 못하고 미용실로 달려갔다. 웨이브 펌을 하면 새로 자란 머리와 경계가 지지 않고 자연스럽게 기를 수 있다는 이야길 들었다. 미용실에 자주 가지 않기 위해, 미용실에 가서 웨이브 펌을 했다. 이제 펌을 하지 않은 내 머리카락이 눈썹 정도까지 자랐다. 완전한 내 머리로 살기 위해서는 좀 더 시간이 필요하다.

은퇴 후에는 꼭 필요한 일에만 돈을 아껴 써야 한다. 하지만 하고 싶은 일들을 억눌러가면서 오랫동안 살아가기란 어려운 일이다. 나는 욕구를 참는 것 대신 비용을 줄이는 방식으로 소비 습관을 바꾸기로 했다. 그리고 은퇴 전, 내가 감당할 수 있을지를 미리 연습하기 시작했다. 피부 관리 습관과 헤어스타일을 바꾸는 것 외에도 집에서 스테이크를 만들어 먹고, 빵을 굽고, 커피를 내리면서 돈을 줄이는 연습을 했다. 하고 싶다는 욕구를 돈으로 채워서 해결하기보다는 나의 시간을 들여서 채워갔다. 다행히 돈을 줄이고 시간을 들여서 하는 일, 결과보다는 과정을 즐기며 하는 일들은 힘들기보다는 즐겁다!

회사에 가지 않는 긴 시간을
채울 방법 ························ 💥

우리는 느지막이 시작되는 주말을 보냈다. 평일은 일찍 일어나고 늦게 잠들어 늘 잠이 부족했다. 주말이라도 부족한 잠을 보충해야만 그다음 주를 살아낼 수 있었다. 보통의 주말 아침엔 오전 10시는 다 돼서야 일어났다. 일어나서 커피를 마시고, 스마트폰을 보면서 한참을 보낸다. 12시쯤 동네 식당에서 점심을 먹고 산책을 한 후 집에 와야, 그때부터 하루가 제대로 시작되는 것 같았다. 은퇴를 하면 매일이 주말 같을까? 늘 주말처럼 게으른 시간을 보내면, 잠깐은 좋을지 몰라도 은퇴 후의 삶이 곧 지루해질 것이다. 우리는 은퇴 후에도 출근할 때처럼 늘 같은 시간에 일어나자고 했다. 그리고 평일의 즐거움을 마음껏 누려보기로 했다.

은퇴 후의 긴 시간을 무엇으로 채워야 할까. 회사에 가지 않으면 나에게 주어진 시간은 자유롭다. 회사에서 나의 빈 시간은 누군가의 요청으로 채워진 회의 스케줄로 가득했다. 나는 그 스케줄을 소화하느라 허덕여야 했다. 은퇴 후 나의 시간은 내가 계획한 일들로 가득 채워질 것이다.

남편과 호주로 여행을 떠났을 때, 그 나라에 머물며 부러웠던 점은 어디를 가도 사람이 많지 않아 여유롭다는 거였다. 호주는 그 넓은 땅덩이에 우리나라의 절반쯤 되는 2,500만 정도의 인구가 살고 있다. 도시마다 넓은 공원이 있고, 그곳에는 누구나 이용할 수 있는 바비큐 시설이 잘 관리되어 있다. 우리가 갔을 때도 사람들은 준비해온 재료로 요리를 하며 한가롭게 시간을 보내고 있었다.

"우리나라에 이런 곳이 있으면, 아마 사람 엄청 많을

텐데."

평일에 휴가를 내고 쉬고 있으면, 회사에 가지 않는다는 사실만으로도 행복했다. 주말은 어디를 가든지 수많은 사람들로 붐벼서 숨이 막혔다. 평일은 호주만큼은 아니어도, 주말보다는 한적하게 다닐 수 있을 것이다. 우리는 평일의 즐거움을 하나씩 꺼내어보았다.

가장 먼저 떠오른 것은 야구 경기를 보는 것이다. 남편이 응원하는 두산의 야구 경기를 보기 위해 주말 잠실 야구장 티켓을 예매하기란 쉽지 않다. 좋은 자리를 예매하기 위해서는 티켓이 오픈되자마자 서둘러야 한다. 두산 응원단석은 금방 매진이 되어 상대편 좌석에서 경기를 보기도 했다. 그렇지만 평일 야구 경기는 주말보다 어렵지 않게 구할 수 있고, 티켓 가격도 저렴했다. 시즌권을 생각하기도 했지만 생각날 때마다 야구를 보기 위해 시즌권을 사기에는 꽤 부담스러운 가격이었다. 우리는 야구 말고 평일에만 쓸 수 있는 연간이용권 종류를 알아보았다. 놀이동산이나 아쿠아리움 연간이용권은 꽤 저렴했다. 연간이용권을 사서 산책하듯 자주 다니면 좋을 것 같았다. 아쿠아리움은 실내에 있으니 충동구매를 일으키는 겨울 백화점 산책도 대신할 수 있을 것이다.

사람들로 붐비는 맛집도 평일 점심시간을 피해서 찾는다면 기다리지 않을 수 있다. 남편과 즐겨 찾는 막국수집이 있는데 주말에 그곳에서 식사하기란 거의 불가능했다. 점심시간을 맞추어 가도 재료가 소진되었다는 말에 발걸음을 돌려야 했다. 가끔 일이 있어 남편과 평일에 휴가를 낸 날이면, 식사 메뉴는 고민 없이 막국수가 되었다. 평일 점심시간을 피해 그곳에 가면 그리 오래 기다리지 않고 막국수를 먹을 수 있었다. 이제 몇 시간씩 기다리는 것이 엄두가 나지 않아 가지 못했던 맛집을 찾아다니는 즐거움도 누릴 수 있을 것이다.

그동안 생각만 하고 하지는 못했던 일도 떠올렸다. 우리는 길을 걷다 서점이 보이면, 그냥 지나치지 못했다. 서점에 들어가 진열된 책을 찬찬히 둘러보다 읽고 싶은 책이 보이면 한두 권씩 집어 들었다. 집에는 사두고 읽지 못한 책들이 잔뜩 쌓여 있었다. 집 안 책장에는 마치 신간 코너처럼, 책을 사고 읽기 전까지 모아두는 칸이 있다. 책장의 그 칸을 볼 때마다 왠지 마음이 무거워진다. 신간 코너는 비워지지 않고 쌓여만 가고 있었다. 마치 쌓여 있는 숙제를 보고 있는 듯한 기분이다. 은퇴하면 신간 코너에 쌓여 있는 책부터 줄여나가야겠다.

이렇게 은퇴 후 놀기만 하면서 지낼 수는 없다. 우리는 새로이 배워보고 싶은 것도 많다. 그림, 필라테스, 드럼도 배우고 싶다. 아, 그런데 우리가 정한 용돈은 10만 원밖에 되지 않고, 생활비도 여유롭지 않으니 무슨 방법이 없을까? 혼자 골똘히 생각하다 '학원비 실비정산 제도'를 만들면 좋겠다는 생각이 들어 남편에게 제안했다.

"은퇴하고 무언가 배우려고 하면, 용돈으로 학원비는 부족하잖아."
"그치! 왜, 용돈 올려주려고?"
"아니, 학원비 실비정산 제도를 만들까 해."
"그냥 돈으로 주지 왜 정산을 해?"

"안 배울 때도 있을 거 아냐. 그 돈으로 당신이 담배를 사면 안 되니까."

"흥."

"금액은 최대 월 10만 원으로 할게."

이제 배우기 위한 돈도 준비되었으니 든든하다. 이 배움을 시작으로 무엇이든 다시 시작할 수 있을 거다.

이른 은퇴를 준비하는 데 중요한 것은 은퇴자금만이 아니다. 일은 돈벌이 수단뿐 아니라 그 자체로 의미가 있다. 은퇴 후 아무런 일도 하지 않고 살아갈 수는 없다. 은퇴의 사전적 정의는 '직임에서 물러나거나 사회 활동에서 손을 떼고 한가히 지냄(표준국어대사전의 '은퇴' 정의)'이지만 사회적 측면에서 은퇴는 '하나의 사회적 역할에서 다른 사회적 역할로 이동하는 것'으로 본다고 한다(상담학 사전의 '은퇴' 정의). 생산적인 일을 하지 않고 지낸다면, 사회생활을 하면서 느끼던 보람을 잃는다. 그래서 이른 은퇴 후 그 긴 시간을 감당하지 못해 다시 회사로 돌아가는 사람들도 있다. 요즘 세상에서 아무것도 하지 않는 것이 은퇴는 아니라고 생각한다. 은퇴 후 긴 시간을 즐기기 위해서는 무엇인가 생산적인 일을 해야만 한다. 그것은 취미 생활일 수도 있고, 오래전부터 꿈꾸던 일을 하는 것일 수도 있다. 무엇이 되었든 회사 생활처럼 바쁘지 않고 여유롭게 즐길 수만 있다면 보람 있는 은퇴 후의 삶을 누릴 수 있을 것이다. 우리는 은퇴 후 평일의 즐거움을 누리며, 꿈꿔왔던 일들을 하나씩 해보기로 했다.

남편의
취미 생활에
투자하다 ······················ ✸

남편은 물욕은 없지만 호기심은 많다. 그래서 취미도 다양하다. 다 떨어진 신발을 신어도, 취미를 위한 비용은 아끼지 않는다. 난 하고 싶다 생각만 하고 시도하지 않을 때가 많은 반면, 남편은 바로 실행에 옮긴다.

제주도에 있을 때, 남편과 함께 새로운 취미를 배웠다. 제주도에는 저렴하게 배울 수 있는 레포츠가 많았다. 제주대학교 평생교육원에서 하는 스쿠버다이빙은 한 학기에 20만 원, 승마는 30만 원 정도 했던 것 같다. (지금은 스쿠버다이빙 37만 원, 승마는 55만 원이다.) 수도권에서는 상상할 수 없는 가격이다. 혼자였으면 하고 싶다 생각만 하고 말았을 텐데, 남편을 따라 승마와 스쿠버다이빙을 배우게 되었다. 제주도에 살아야 누릴 수 있는 혜택이었다. 주말마다 남편과 제주대학교와 승마장, 바다를 오갔다.

제주도를 떠나면서 더 이상 승마는 하지 않게 되었다. 수도권에서 승마를 즐기기에는 가격이 너무 비싸다. 스쿠버다이빙은 지금도 꾸준히 하고 있다. 바닷속은 육지와는 완전히 다른 새로운 세상이다. 물고기 떼가 지느러미를 파닥거리며 우리를 둘러싸듯 지나가고, 물속을 둥둥 떠다니며 산호 사이로 숨어 있는 작은 물고기를 발견하는 즐거움은 바닷속에서만 느낄 수 있다. 처음에는 수영도 못하는 내가 과연 다이빙을 할 수 있을까 걱정했었다. 남편은 내가 분명 중간에 포기할 거라 생각했단다. 하지만 내가 수영을 못하는 이유는 물속에서 숨 쉬는 방법을 몰랐기 때문이었다. 스쿠버다이빙은 물속에서도 숨을 쉴 수 있다. 숨만 쉴 수 있다면 나머지는 어려울 것이 없었다.

남편은 이제 은퇴 후 배울 취미에 대한 준비를 시작했다. 그림을 그리고 기타도 배워보겠다 한다. 우선 그림 그리기용으로 아이패드를 샀다. 아이패드로 그림 그리는 방법을 가르쳐주는 유료 강의 서비스도 결제했다.

"유튜브에도 좋은 강의 많던데, 왜 유료로 들어?"
"유료 강의가 아무래도 커리큘럼이 체계적이지."
"그렇긴 한데, 엄청 비싸다."
"콘텐츠 가격을 아까워하면 안 돼. 얘는 인터넷 업계에서 일하는 애가 그런 생각을 가지면 안 되지!"

하지만 남편이 '아직 기간 많이 남았다' 생각하며 미루는 동안 그 유료 강의 시청 기한은 끝나버렸다. 남편은 결국 첫 번째 강의밖에 보지 못했다. 이후 남편은 아이패드로 그림 그리는 방법을 설명한 책을 사서는 하루에 하나씩 그렸다. 책에는 그림 그리는 방법은 있지만 툴 사용법에 대한 상세한 안내가 없어 아쉬워했다. 지금 남편은 내가 추천한 유튜브 강의를 보며 사용법을 배우고 있다.

아파트에서 악기를 연주하기란 어렵다. 연주를 시작하면 주변에서 시끄럽다며 연락이 올 게 뻔했다. 남편은 사일런트 기타_{silent guitar}가 있다는 걸 알아왔다. 그 기타는 울림통이 없어서 그냥 연주하면 조용하고, 헤드폰이나 스피커를 연결하면 소리를 들을 수 있어서 아파트에서 사용하기 적당해 보였다.

"모양도 예쁘다. 괜찮네, 사."
"근데 가격이 비싸다."
"내가 사줄게. 회사 쇼핑지원금 아직 남았어."

결혼 후 남편은 스스로 필요에 의해 물건을 산 적이 없었다. 내가 '제발 새 옷 좀 사자'라고 사정을 해야지만 쇼핑을 한다. 하지만 어렵게 쇼핑을 결심해서 하루 종일 돌아다녀도 사지 못하고 돌아온 적도 많다. 남편은 늘 "내가 이래서 쇼핑을 못 하는 거야. 마음에 드는 것만 있다면 바로 사지"라고 했었다. 그랬던 그가 스스로 갖고

마흔, 부부가 함께 은퇴합니다

싶다고 하는 물건이 처음으로 생긴 것이다. 반가운 마음에 바로 사주겠다고 말했다.

남편은 기타를 배우기 위해 또다시 유료 앱을 결제했다. 이번에는 달랐다. 그는 매일 앱으로 기타를 연습했다. 그렇게 기타를 연습하던 어느 날 남편이 말했다.

"작곡을 하려면, 피아노가 필요할 것 같아."

"작곡도 하려고?"

"응 재미 삼아서, 피아노도 한번 배워보고 싶었어."

"집에 둘 데가 없는데."

"디지털 키보드를 사면 되지."

아직 회사에서 준 쇼핑지원금이 남아 있었다. 검색해 보니 디지털 키보드를 살 정도는 되었다.

"키보드를 위해서 그거 쓰지 말고 남겨둬."

항상 "너를 위해서 다 써"라고 말했던 남편이다. 남편을 위해 그 돈은 남겨두기로 했다. 남편은 무엇을 배우든 기본 이상은 한다. 작곡한 노래가 대박이 나서 저작권료로 먹고살 수 있을지도 모른다. 이건 다 투자다.

"벚꽃엔딩 같은 곡으로 만들어."
"보컬은 네가 해야 해."

자체 제작 음원은 어떻게 유통해야 하는지 알아봐야하나. 남편의 수많은 취미 생활 중 작곡은 평균 이상으로 꾸준히 하길 기대해본다.

은퇴 예행연습이 된
재택근무 .... ✷

이직 후 한 달에 100만 원 이상은 더 저축할 수 있었다. 월급이 올라서가 아니다. 야근 수당을 많이 받았기 때문이었다. 입사 전 이 회사에 대해 들었던 이야기는 '일은 재미없을지 몰라도 워라밸은 좋아'였다. 역시 같은 회사라 해도 모든 부서의 분위기가 비슷하지는 않았다. 사주에 일복이 많다더니, 정말 그랬다. 내가 가는 곳은 항상 일이 많았다. 남편은 이쯤 되면 네가 일을 벌이는 거 아니냐고 의심까지 했다. 회사까지의 거리도 멀어져서 퇴근 후 집에 오면 하루가 지나 있었다. 아침에 출근해서 다음 날 집에 오는 일들이 계속 반복되었다.

전 직장에서 이직을 결심한 결정적인 이유는 '사람' 때문이었다. 일 때문에 받는 스트레스는 극복할 수 있는데, 나와 잘 맞지 않는 '사람'으로부터 받는 스트레스는 극복하기 힘들었다. 나이가 들면 무뎌질 줄 알았는데, 나이가 들수록 더 견디기 힘들었다. 그건 아마 내 성향 때문일 거다. 난 화를 잘 내지 않는 편이다. 다툼이 발생해도 '내가 조금만 노력하면, 내가 조심하면 달라질 수 있어'라고 속으로 삼킨다. 그런 생각은 나를 위해서였다. 남들에게 화풀이를 한 적도 있었지만, 난 화를 내는 것이 정신적으로 더 힘들었다. 내가 참느냐, 화를 내느냐 둘 중에 무엇이 덜 힘들지 고민하다 선택한 방법이었다.

이직 후 난 승진을 했고 연봉도 더 많이 올랐다. 회사에서 인정받기 시작했고, 함께하는 팀원들도 생겼다. 하지만 인정을 받을수록 '사람'으로 인한 스트레스는 더 견디기 어려워졌다. 다시 그 증상이 나타났다. 식은땀이 흐르고 숨을 쉴 수 없는 증상과 두통. 최소 3년은 더 일하고 싶었는데, 다시 퇴사하고 싶은 생각이 불쑥불쑥 올라왔다.

남편과 난 회사에서 힘들었던 얘기는 서로 잘 꺼내지 않는다. 그냥 "오늘 매운 거 먹고 싶다", "오늘은 소주 한 잔 할까?" 하면 그날은 힘든 일이 있었구나 짐작할 뿐이다. 무슨 일 때문에 힘들었는지도 서로 묻지 않는다. 쓸데없는 농담을 한다거나, 은퇴 이후 뭘 할지를 얘기하며 힘든 일을 잊게 해주려 노력한다. 사람 때문에 몹시 속상했던 날이었다. 평소 같으면 양꼬치에 칭따오 맥주를 마실 텐데, 그날은 소주를 마셨다.

"남편, 2020년 6월이면 대출도 다 갚고 목표 금액도 다 모으겠어. 6월에는 나도 그만둘까?"

"넌 약속한 대로 나 퇴사하고 6개월 후에 그만둬야지."

"목표 금액 다 모았는데?"

"그럼, 6월 이후에 네가 번 돈은 생활비만 제외하고 다 너 용돈으로 가져."

솔깃한 제안이었다. 일할수록 내 비자금이 더 쌓인다니, 힘들지만 좀 더 버텨보기로 했다.

남편이 퇴직하기로 한 2020년 3월이 되었다. 남편은 회사에 퇴사하겠다고 말했고, 마지막 근무일이 정해졌다. 드디어 그가 꿈꾸던 가정주부 생활이 시작되었다. 하지만 그즈음 코로나 상황이 매우 심각해져, 나도 재택근무를 하게 되었다. 집에서 일을 하니 우린 하루 종일 함께였다. 가정주부를 하면서 그가 기대했던, 나의 출근 이후 여유로운 아침 시간 따위는 없었다.

"은퇴가 아니라 그냥 주말이 계속 이어지는 것 같아."
"계속 같이 있으니 좋지 않아?"
"아휴, 삼시 세끼 밥해 먹이느라 허리가 휘어, 그냥."
"내가 알아서 챙겨 먹을 수 있어. 혼자 여행이라도 한번 다녀와."

남편은 말로는 투덜거렸지만, 여행은 떠나지 않았다. 재택근무 중에도 난 하루 종일 회의를 했고, 늦은 시간까지 야근을 했다. 남편은 내가 회사 일로 힘들어하는 모습을 옆에서 직접 바라보게 되었다. 그는 차마 떠나지 못하고 옆에서 나를 챙겼다. 나도 남편이 옆에 있으니 출근할 때보다는 견딜만 했다.

문득, 은퇴 이후의 생활을 미리 연습해보자는 생각이 들었다. 집에서 일은 하고 있었지만, 출근은 하지 않으니 우리가 계획한 생활비로 살 만할지 '은퇴 예행연습'을 해보면 좋을 것 같았다.

"재택근무 하는 동안 은퇴 예행연습 한번 해보자. 계속 은퇴 생활비만큼만 쓰는 거지."

"너 비자금 많이 모으려고 그러는 거 아니야?"

남편이 의심은 했지만 우리는 계획했던 월 250만 원의 생활비로 살기 시작했다. 월급날 생활비 계좌로 250만 원을 이체했고, 나머지는 다 나의 비자금이 되었다. 비자금 쌓이는 재미가 꽤 쏠쏠했다. 이 재미로 견디며 회사 생활을 할 수도 있겠다 싶었다.

밖에 나가지를 않으니 교통비, 외식비가 많이 줄었고, 마트에서 장 보는 비용만 평소보다 조금 더 들었다. 하루 종일 집에 있으니 물건을 사는 일도 거의 없었다. 생활비를 평소보다 많이 줄여서 생활하는데도 별로 힘들다는 생각은 들지 않았다. 월 250만 원이 부족할까 걱정했는데, 생각보다 충분한 금액이었다. 코로나 시절이 끝나고 다시 여가를 즐기는 날이 돌아오면 조금 달라질지도 모른다. 하지만 목표 생활비로 몇 달을 살아가며 조금 안심이 되었다. 이제는 은퇴를 해도 괜찮을 것 같다.

마흔, 부부가 함께 은퇴합니다

6장

퇴사를 했다

실전돌파 편

퇴사한다고
말해야 하는데…

은퇴 목표 자산이 만들어졌다. 우리가 목표로 했던 날짜보다 6개월을 앞당길 수 있었다. 하지만 지금은 코로나 시대다. 코로나로 인해 경제 상황이 어떻게 더 나빠질지 모른다. 우리가 모은 자산이 휴지 조각이 되지는 않을까 불안감에 휩싸였다. 회사를 좀 더 다녀야 하나? 몇 년만 더 다니면 좀 더 안정적인 노후 자금을 모을 수 있을 텐데. 잠시 잊고 있던 생각에 빠져들었다. 난 다시 은퇴 시기를 고민하기 시작했다.

고민은 되었지만 은퇴자금을 일단 모았으니, 언제든 그만둘 수 있다는 생각은 마음을 가볍게 했다. 난 회사에서 불합리하다고 여겨지는 일에 대해 소리를 내기 시작했다. 남아 있는 시간 동안 지금보다 하나라도 더 나은 방향으로 바꾸고 싶다는 생각이 들었다. 하지만 회사는 한 사람의 목소리로 달라질 리 없었고, 큰소리를 낸다 해서 스트레스가 줄어드는 것도 아니었다. 내 불안증세는 계속되었다. 그때 난 가벼운 긴장에도 가슴이 떨리고 식은땀이 흘렀다.

은퇴 시기를 고민하고 있을 무렵, 진행 중인 프로젝트 하나가 마무리되어 가고 있었다. 그리고 새로운 프로젝트에 대한 얘기가 시작되었다. 그 순간 숨이 막혔다. 지금도 감당하기 어려울 정도의 일이 동시에 진행되고 있었다. 지금이다. 새로운 프로젝트가 시작되면 난 분명 그만둔다는 얘기를 꺼내지 못할 거다. 지금이 아니면 다시는 기회가 없을지도 모른다. 난 결국 퇴사하기로 마음을 굳혔다.

오래 기다렸던 순간이지만, 퇴사라는 말은 쉽게 꺼내기 어려웠다. 하던 일이 정리만 되면 말해야지 하고 때를 기다렸는데, 그런 순간은 그냥 찾아오지 않았다. 몸이 아프지 않았더라면, 조금만 더 견뎌보자고 생각하며 몇 년을 더 보냈을지도 모를 일이었다. 상황을 지켜보며, 내가 담당하고 있는 업무 정리만 조금씩 하고 있을 때였다.

"곧 퇴사할 거라면서 왜 또 매일 야근이야?"
"일이 많아서 그렇지 뭐. 결심은 했는데, 말을 못 꺼내겠네."
"회사는 시스템으로 돌아가는 곳이야. 너 하나 빠진다고 해서 아무 일도 안 생겨. 너도 많이 경험했을 거 아니야."

남편의 말이 맞다. 난 그걸 알면서도 하지 못하고 있었다. 다시 한번 마음을 단단하게 먹었다.

퇴사를 언제 말하면 좋을지 기회만 노리고 있을 때, 상사가 조직개편 관련해서 나에게 회의를 요청했다. 지금이다. 조직이 개편될 때 내 빈자리를 고려해서 채우면 된다. 퇴사를 말하기에 적당한 시기였다. 말을 꺼내야겠다, 생각하고 집무실에 앉았다. 회의는 끝나가고 있고,

퇴사라는 말은 꺼내야 하는데, 또 긴장되었는지 가슴이 떨리고 식은땀이 흘렀다. 난 한숨을 깊이 한번 내쉬었다. 그리고 퇴사를 하겠다고 내뱉었다. '정신적으로도, 육체적으로도 힘들다. 조금 이르지만 은퇴를 하려 한다.' 상사는 나에게 우선 휴식을 권했다. 지금 많이 지쳐 있으니 좀 쉬면서 다시 생각해보라 했다. 쉬다 보면 내 불안증세도 좋아지고, 다시 일하고 싶어질 거라 했다.

코로나 상황에 대한 불안감이 있었다. 휴직이라는 얘기를 들으니 쉬면서 내가 은퇴에 적응할 수 있을지 지켜보는 것도 좋을 것 같았다. 고민 끝에 우선 휴직을 하기로 했다. 나의 직책은 반납하고 업무 인수인계를 시작했다. 미리 조금씩 정리를 해두고 있어서인지 생각보다 오랜 시간이 걸리지는 않았다. 휴직을 하면 내가 회사의 구성원이라는 사실은 변함없지만, 더 이상 일은 하지 않아도 된다. 따라서 월급도 없다. 이제 모은 돈을 까먹으며 계획된 은퇴자의 삶을 살아나가야 한다.

마지막 근무일이 정해졌다. 돌아가면서 재택근무를 하고 있었기 때문에 사람들에게 인사를 전할 기회가 없었다. 메일로나마 휴직 인사를 전했다. 그렇게 기다려왔던 순간이지만 마냥 기쁘지만은 않았다. 마지막 인사를 하던 날, 참아왔던 눈물이 쏟아졌다. 아쉬움, 고마움, 미안함의 눈물이었다. "꼭 돌아오세요"라는 인사를 뒤로하고 양손 가득 짐을 챙겨 집으로 향했다.

"고생했어. 이제 백수 부부네."
"으어어엉엉."

등을 토닥이며 남편이 전한 한마디에 다시 눈물이 쏟아졌다. 16년의 직장 생활을 마무리하며 지나온 시간들이 주마등처럼 스쳐갔다. 내 나이 마흔, 마침내 나는 회사에서 은퇴했다.

자유의 상징으로
히피펌을 .... ✸

《퇴사하겠습니다》의 이나가키 에미코처럼 아프로 헤어까지 할 자신은 없었지만, 은퇴를 상징하는 무엇인가를 하고 싶었다. 마지막 근무일이 정해진 후, 은퇴 후 이 자유로운 마음을 어떻게 표현할지 고민하다 히피펌을 하기로 했다. 그동안 튀지 않는 옷차림과 머리 모양을 유지했었는데, 히피 스타일이 주는 자유로운 느낌이 좋아서 하고 싶었다. 머리 모양에 어울리는 옷차림도 하고 귀걸이도 화려한 것을 사야겠다 생각했다.

남편과 산책을 하다 귀걸이가 진열되어 있는 가판대를 보았다. 가판대 앞에 서서 한참을 들여다보았다. 화려한 거, 화려한 거 속으로 외치며 진열되어 있는 귀걸이를 하나씩 눈으로 훑었다. 화려한 귀걸이에 눈은 갔지만 손이 가지 않았다. 은으로 된 찰랑거리는 귀걸이 하나를 골랐다. 내가 가진 귀걸이 중에는 가장 요란했지만, 화려하다는 수식어를 붙이기에는 단정했다. 한동안 나는 길을 가다 귀걸이를 판매하는 진열대를 볼 때마다 멈추어 섰다.

"애가 마흔을 넘기더니, 요즘 부쩍 반짝이는 것에 관심이 많아졌네."
"은퇴하면 화려한 귀걸이를 꼭 해보고 싶었어!"

남편은 이해하지 못하겠다는 표정으로 웃으며, 그래하고 싶으면 해 하고 말았다. 마지막 근무일 다음 날로 미용실을 예약했다.

"머리숱이 많은 편인데, 히피펌이 괜찮을까요?"
"고객님, 히피펌은 내 전공이에요. 잘 찾아오셨어."

아, 원장님의 말은 틀리지 않았다. 적당히 곱슬거리면서 머리숱도 많아 보이지 않았다. 게다가 이 펌은 머리를 대충 말려도 된다. 아니 대충 말릴수록 더 예쁘다. 나같이 손재주 없는 사람에게 딱이었다. 왜 진작 시도하지 않았을까. 회사 다닐 때 해도 튀지 않는 스타일인데, 그동안 나를 참 많이도 억죄고 살았다.

히피펌까지는 했는데, 전체적인 스타일까지 바꾸는 건 나에게 어려운 일이었다. 자유로운 스타일이 잘 어울리지 않는 것 같았다. 나이 마흔에 이런 옷을 입어도 될까 하는 생각도 들어 망설여졌다. 결국 나는 손이 가는 편한 옷차림만 하고 다닌다. 은퇴 전 물욕을 없애겠다며 폭풍 쇼핑을 했을 때 사둔 비싼 옷들은 입을 일이 많지 않다. 코로나 때문에 친구를 만나기도 어려우니 동네 공원을 산책할 때 말고는 나갈 일이 없어서다. 산책을 나설 때면 트레이닝 바지에, 위에는 비싼 맨투맨 티셔츠를 입는다. 자주 입는 것 하나는 좋은 것으로 마련했으니 다행이다 싶다. 이렇게 될 줄 알았으면 옷보다는 긴 시간을 보내는 집 안을 꾸미는 데 더 소비를 할걸 그랬다.

은퇴하면 카페는 꼭 평일에 가고 싶었다. 평일에 볕이 잘 드는 카페에 홀로 앉아 책을 읽고 싶었다. 미세먼지 없이 하늘이 맑은 날, 책 한 권과 아이패드를 챙겨 집을 나섰다. 동네는 남편과 자주 걸으니 좀 다른 길을 걷고 싶어, 지하철을 타고 양재 시민의 숲으로 갔다. 지하철역에 내려 처음으로 숲을 마주했을 때, 음악을 듣고 있던 이어폰에서는 〈별 보러 가자〉 노래가 나왔다. 그 순간, 내가 평일에 회사가 아닌 숲을 산책하고 있다는 사실에 행복해졌다. 혼자서 씩 웃으며 하늘 한 번 쳐다보고는 가벼운 발걸음으로 숲을 산책했다. 숲을 한 바퀴 돌고 나와 양재천을 따라 걸었다. 걷다가 창이 크고 화분이 잔뜩 놓여 있는 카페를 발견했다. 평일인데 생각보다 사람이 좀 많아 보였다. 커피를 주문하고 자리에 앉아 책을 꺼내 읽었다. 내가 보낸 즐거운 평일 이야기를 하기 위해 아이패드를 열어 남편에게 메시지를 보내던 때였다.

"손님, 저희 정책상 금요일에는 노트북 하는 손님을 받지 않아요."

알고 보니 그곳은 꽤 유명한 카페였다. 평일의 한가함을 즐기려 했는데, 틀렸다. 평일도 금요일의 유명한 카페는 다른 것이다. 괜히 민망해 얼른 자리를 떴다. 유명한 카페보다는 동네에서 여유로움을 즐겨야 할 듯싶다.

집에 돌아와서 남편에게 〈별 보러 가자〉가 나왔던 그 순간의 행복감을 이야기했다. 나에게는 음악의 마법과 같던 그 순간에 대해 남편은 이렇게 이야기했다.

"음악 때문이 아니라 박보검이 별 보러 가자고 해서 행복했던 거 아니야?"

"아니야, 남편이랑 같이 별 보러 가면 좋겠다 생각하며 행복했지~"

은퇴를 했으니 집이 아닌 곳으로 떠나고 싶었다. 회사에 있을 시간에 집이 아닌 어디선가 놀고 있어야 했다.

바다가 보고 싶어졌다. 답답한 회사에만 있었으니, 넓게 트여 있는 곳을 찾고 싶었는지도 모른다. 자유를 상징하는 히피펌을 하고, 평일에 바다를 보며 남편과 함께 〈별 보러 가자〉 노래를 들으면 완벽한 하루가 될 것 같았다. 여행을 떠나야지 결심하고 바다가 있는 도시 중 부산을 택했다. 집 안에서 광안대교가 보이는 숙소도 서둘러 예약했다. 오랜만에 떠나는 충동적인 여행이었다.

"난 퇴사하고 너 뒷바라지만 했는데."
"이제 나도 퇴사했으니 혼자 부산 한 번 더 와."

아무것도 하지 않고 바다를 보며 멍하니 있기만 해도 행복했다. 은퇴 후 처음 간 여행지인 부산에서 남편과 나는 자유를 만끽했다.

이른 은퇴에 대한
두 가지 시선 ⸳⸳⸳⸳⸳⸳⸳⸳⸳⸳⸳⸳⸳⸳⸳⸳⸳⸳⸳

조금 이른 은퇴를 한 우리를 보고 사람들은 두 가지 종류의 반응을 보인다.

'우와, 부럽다. 나도 은퇴하고 싶다.'

첫 번째는 응원의 마음이다. 그들은 더 이상 회사에 얽매여 살지 않아도 되는 우리의 삶을 부러워했다. 그리고 어떻게 은퇴를 할 수 있었는지 우리의 은퇴 방법을 궁금해했다. 사람들의 질문에 나는 이렇게 답한다.

"여유 있는 생활에 대한 욕심만 버리면 가능해."

은퇴를 위해서는 포기해야 할 것들이 많다. 매달 월급만큼의 돈을 쓸 수 있도록 큰돈을 모으고 여유 있는 은퇴를 한다면 좋겠지만, 직장인이 큰돈을 모으기란 쉽지 않다. 매달 들어오는 월급이 사라진다고 생각하면, 은퇴 후에는 돈을 아낄 수밖에 없다. 필요해서가 아니라 갖고 싶어서 샀던 물건들, 맛보다는 분위기 때문에 찾았던 비싼 레스토랑, 여행지의 호화로운 숙소. 이런 것들을 마음 편히 하기는 어렵다. 이런 얘기를 하면 다음 질문은 대체로 이렇다.

"그렇게 계속 살면 힘들지 않겠어?"

그래서 우리는 미리 소비 습관을 바꾸는 연습을 했다. 다행히 돈으로 얻는 것과는 다른 즐거움을 찾을 수 있었다. 우리가 즐기는 것들은 돈보다 시간이 필요한 것들이었다. 회사에 가지 않으니 자연스레 물욕도 사라졌다.

그래도 사람들은 은퇴 이후의 불안을 이야기했다. 하지만 난 사람들의 불안을 안심시켜주면서 오히려 내 마음이 더 편안해짐을 느꼈다.

부럽다고 말은 하지만 대다수는 은퇴를 선택하지는 않을 거라는 것을 알고 있다. 대신 그들은 우리가 누릴 수 있는 경제적 여유를 포기하고 은퇴를 선택한 것에 용기 있는 결정이라며 응원을 보내준다.

'마흔이면 한창인데 벌써 은퇴를 해?'

두 번째는 걱정의 마음이다. 무슨 일이 생기면 어떻게 하려고 벌써 은퇴하느냐고 한다. 그 좋은 직장을 도대체 왜 그만두는 거냐고, 다들 그렇게 사는데 너만 왜 그러느냐고 한다. 회사 생활이 너무 힘들었다고, 은퇴 후 살아갈 비용은 이미 모았다고 이야기하면 '갑자기 아플 수도 있고, 큰 사고도 생길 수 있어. 그럼 모은 돈 날아가는 건 순식간이야'라고 말한다. 그 생각을 안 해본 것은 아니다. 하지만 그런 일은 회사를 다녀도 감당하기 힘든 것은 마찬가지다. 걱정해주는 건 너무나도 고맙지만, 미리 고민했던 일이다. 그럼에도 불구하고 우리가 감당할 수 있겠다 판단해서 결정한 은퇴다.

처음에는 은퇴를 걱정하는 사람들에게 '걱정하지 않아도 될 만큼 준비했어'라고 설명하려 했지만 몇 달이 지나자 깨달았다. 그들은 나의 설명을 듣고 싶어서 이야기하는 것이 아님을. 그저 본인의 입장에서 하고 싶은 이야기를 전할 뿐이었다. 나도 충동적으로 하루, 이틀 만에 결정한 은퇴가 아니다. 오랫동안 남편과 긴 대화를 나누면서 단단하게 만들어온 계획이다.

사람마다 살아가는 방식이 다르고, 마흔이 넘으면 자신만의 삶의 철학이 생기기 마련이다. 하지만 간혹 사람들은 자신만의 관점에서 스스로가 옳다는 확신을 가지고 상대방을 질타하곤 한다. 대다수의 사람들이 선택한 길로 가지 않으면 마치 큰 잘못을 저지른 것마냥 몰아붙인다. 누군가에게 피해를 끼치는 것도 아닌데, 조금 더 삶의 다양성을 인정해주면 좋지 않을까. 이른 은퇴를 받아들이는 사람들의 태도에 가끔 힘들어질 때가 있다.

바쁘게 살다 보면, 남의 이야기를 귀담아듣기란 쉽지 않다. 나이가 들어서도 유연한 사고를 유지하는 것은 꽤나 노력이 필요한 일이다. 나도 분명 나의 관점에서 상대에게 이야기하는 경우가 많았을 것이다. 이해받지 못해 답답한 기분은 서로 마찬가지일 거다. 그냥 그렇게 생각하기로 했다.

남들과 조금 다른 삶을 택했기 때문에 사람들을 만나면 나를 이해시키는 데 노력을 기울여야 했다. 은퇴 후 좀 더 시간이 지나서야 깨달았다. 꼭 이해시킬 필요가 있느냐고. 그냥 넘기면 되는 일이다. 내가 선택한 이유를 꼭 이해받을 필요는 없다. 나도 모르게 나의 정당성을 상대를 통해 인정받고 싶었는지도 모르겠다. 더 이상 남들의 시선을 의식하며 힘들어하지 않기로 했다. 은퇴 후 계획한 대로 잘 살면 되는 일이다. 나를 이해해주는 남편이 있고, 하고 싶었던 일을 하며 살아가고 있다. 회사에 다닐 때보다 훨씬 행복한 요즘이다.

우리는 계획대로
살고 있을까 ·····················

　　매달 1일은 저축계좌에서 250만 원이 생활비 계좌로 들어가는 날, 25일은 남편과 나의 개인 계좌로 용돈이 입금되는 날이다. 은퇴 전 우리의 월급날이 25일이었다. 난 은퇴 후에도 매월 같은 날 월급을 받도록 했다. 받는 통장 이름도 '월급여'로 해서 자동이체를 등록했다.

　　"남편, 오늘 월급날이야."
　　"쳇, 10만 원밖에 안되는 거."

　　남편은 여전히 용돈에 불만이 많다.

은퇴 후 우리는 계획대로 살고 있을까. 세부적인 비용은 예상과 다르지만 생활비에 어긋남은 없다. 은퇴 전 정했던 맥주 유료화와 학원비 실비정산 제도도 잘 정착되었다. 제대로 실험해보지 못한 것은 소득 분배 원칙이다. 누군가 돈을 벌어야 알 수 있을 텐데 아직 우리는 좀 더 놀고만 싶다.

　　마트에서 장을 보는 데 쓰는 비용은 은퇴 전과 비슷하다. 다만 이전에는 맥주와 안주를 사는 데 쓰는 비용이 대부분이었다면, 요즘에는 돼지고기와 파, 간장과 들기름 같은 음식 재료를 사는 데 쓴다. 먹는 건 잘 먹어야 한다며 질 좋은 재료를 사다 보니 생각보다 많은 돈이 들었다. 밥을 만들어 먹으면 외식하는 것보다는 돈을 아낄 수 있을 줄 알았는데 비슷했다. 비싼 재료로 만든 음식은 두 끼면 끝났다. 그래도 국내산 돼지고기로 만든 제육볶음이나 향이 좋은 들기름으로 만든 막국수를 식당에서 사 먹는다고 생각하면 이보다 훨씬 비싼 돈을 지불해야 할 것이다. 아무튼 정해둔 생활비를 넘기지 않으니 만족스럽다. 그리고 남편의 요리 실력도 점점 늘고 있다.

"남편, 이 정도면 식당 해도 되겠어."

"손님이 기다리다 나갈걸." ,

남편의 음식은 맛있기는 하지만, 손이 느려서 완성되기까지 꽤 시간이 걸린다. 앞으로도 식당을 하기는 어렵겠다. 가끔 집에서 만들어 먹기 어려운 음식이 먹고 싶을 때는 외식을 한다. 그럴 때 우리는 서로에게 신호를 보낸다.

"오늘은 감자탕에 소주나 한잔 할까?"

"11월 11일이니까 양꼬치 먹으러 가자. 양꼬치 데이!"

주로 고기를 구워 먹고 싶거나, 밖에서 술 한잔이 하고 싶을 때면 외식을 한다. 이렇게 사 먹는 돈은 한 달에 20만 원 정도다.

회사에 다닐 때 내가 경기도에서 서울로 출퇴근을 하던 M버스는 왕복 5,000원이 넘었고, 집 앞을 지나는 지하철도 편도 2,500원이 들었다. 그렇게 사용한 남편과 나의 교통비는 한 달에 30만 원을 넘었다. 요즘은 주유비 5만 원이면 충분하다.

　나를 꾸미는 데 필요한 물건을 사고 싶다는 생각도 들지 않는다. 필요한 옷과 신발은 이미 다 가지고 있다. 회사에 다닐 때는 '갖고 싶다'는 생각 하나만으로 불필요한 지출을 했는데, 지금은 그런 생각에서 벗어났다. 직장인이라면 누구나 입에 달고 사는 '스트레스'라는 것, 내 몸의 일부처럼 붙어 있던 그것이 주는 영향은 컸다. 스트레스를 받지 않으니 물욕이 줄어든 것이다. 이렇게 소비가 줄었는데도 특별히 아끼고 산다는 생각이 들지는 않는다. 우리는 은퇴 후에도 필요한 물건이 있으면 사는 데 그리 오랜 시간을 고민하지 않는다. 필요하면 사고, 먹고 싶은 걸 먹으며 살아도 둘이서 월 250만 원이면 충분하다.

　코로나 시대에 살고 있어, 여가와 여행에 드는 비용을 아끼고 있다. 우리가 계획했던 평일의 즐거움도 아직은 누리지 못하고 있다. 대신 집에서 인터넷 강의를 들으며 이것저것 배워보고 있는 중이다. 아이패드로만 그림을 그리던 남편이 어느 날 '학원비 실비정산'을 요청했다.

"펜 드로잉 수업을 받아볼까 하는데, 이거 어때?"

아이패드보다는 종이에 직접 그리는 손맛을 느끼고 싶었나 보다. 이전에 듣다 말았던 인터넷 유료 강의 서비스에서 펜 드로잉 수업을 하나 골라 보여주었다. 나도 유튜브로 구독하고 있는 사람의 유료 강의였다.

"이 사람 강의 괜찮아. 그럼 나도 들을까?"
"학원비 실비정산 해주는 거지?"
"그래, 나도 들을 거니까 내 거랑 해서 20만 원 이체해 줄게."

그렇게 남편과 같이 펜 드로잉 수업을 시작했다. 남편과 함께 배우며 깨달았다. 그가 무엇을 배우든 평균 이상의 성과를 내는 것은, 무엇을 하든지 최선을 다하기 때문이라는 것을. 그는 하고 싶은 것에 늘 진심이었다.

난 조금 하다가 귀찮아서 대충 선을 쓱쓱 긋는데, 남편은 고개 숙여 집중한다. 같이 시작했지만, 지금 그와 나의 그림은 많이 다르다. 그림도 은퇴 후 잘하고 싶은 것 중 하나였는데, 내 그림 실력은 영 늘지를 않는다. 그래도 포기하지 않을 거다. 세밀한 부분에서는 남편보다 못하지만 감성은 내 그림에 더 있는 것 같다.

은퇴 후 가장 긍정적인 변화는 건강을 되찾은 것이다. 정기적으로 찾아오던 장염에 더 이상 걸리지 않는다. 매일 달고 살던 두통에서도 해방되었다. 아직 긴장하면 숨을 참는 버릇은 남아 있지만, 이제 긴장할 일이 많지 않으니 그리 힘들지 않다. 여유로운 시간 속에서 하고 싶은 것들을 하며 살고 있으니 표정도 밝아졌나 보다. 얼마 전 엄마가 메시지를 보내왔다.

"네가 큰 걸 버렸다고 생각했는데, 더 큰 행복과 건강을 얻었구나. 지금의 네가 더 좋아 보인다."

어쩔 수 없이 받아들이셨지만, 그동안 엄마는 나의 은

퇴를 늘 아쉬워했다. 내가 누릴 수 있는 경제적 여유를 포기한 것을 이해하지 못했다. 그러나 나의 밝아진 표정을 보며, 더 행복해지기 위해 은퇴한다던 나를 인정하신 것 같다. 부작용은 나를 지켜보던 언니마저도 은퇴를 꿈꾸기 시작했다는 거다. 엄마의 걱정이 새로 시작될 듯싶다.

더 이상
직업이 없다는 것

　내가 기억하는 한 난 항상 어떤 곳에 소속되어 있었다. 학생 때는 학교의 구성원이었고, 졸업 후에는 회사의 구성원이었다. 초등학교, 중학교를 지나 대학 졸업 후 바로 회사에 들어갔으니, 32년 동안 나에게 소속이 없었던 적은 없었다. 소속이 필요한 순간은 다양하다. 어떤 서비스의 회원가입을 할 때나 은행 계좌를 만들 때, 해외여행 시 출입국신고서를 작성할 때도 적어야 할 소속란이 있다. 난 그동안 소속란을 어떻게 채워야 할지 고민해본 적이 없었다.

　난 라디오를 즐겨 듣는데, 라디오 진행자는 청취자

와 전화 인터뷰를 할 때면 먼저 자기소개를 부탁하면서 "실례지만 무슨 일을 하세요?"라고 물어본다. 생각해보면 살면서 "무슨 일을 하세요?", "무슨 학교 다녀?", "회사가 어디야?"라는 질문을 정말 많이 받아봤다. '소속'이라는 것은 나에 대해 이래저래 설명하지 않아도 나를 대표하는 어떤 이미지와 같은 것이다. 고등학교는 내가 사는 동네를, 대학교는 나의 학업 수준을, 회사는 나의 소득 수준을 짐작할 수 있게 한다. 하지만 이제 더 이상 나를 설명해줄 '소속'이 없다.

입출금 통장을 만들거나 대출을 받으려면 내 소속과 소득을 증명해야만 한다. 소속이 없어진다는 것은 더 이상 금융거래가 쉽지 않음을 의미한다. 은행은 내 소속과 소득에 따라 대출한도와 이율을 결정한다. 그래서 은퇴하기 전 금융거래가 필요한 것이 있다면 마무리하는 것이 좋다. 집을 사고 대출을 빨리 갚으려 노력한 것도 이 때문이다.

지금 집의 전 주인은 학원을 운영하는 사람이었다. 소득도 높고, 집도 여러 채 가지고 있었다. 하지만 그는 안정적인 소속이 없어 높은 이율의 대출을 받고 있었다. 집값이 오르고 있어 팔까 말까 고민하고 있는 그에게 "잔금을 바로 드릴게요. 계약하시죠"라고 말했었다. 우리는 그 집주인보다 가난했지만 '안정된 소속'이 있어 낮은 이율로 마이너스 통장을 만들 수 있었다. 그 후 집주인은 우리에게 집을 팔기로 결심을 굳혔다.

이른 은퇴를 하겠다 말씀드렸을 때, 양가 부모님의 걱정이 많았다. 부모님의 걱정도 더 이상 '소속'이 없음에 기반할 것이다. 그동안 자식들이 어떤 회사를 다니는지, 연봉은 얼마나 받는지를 주변에 자랑하셨을 거다. 그 자랑의 핵심은 '소속'에 있었고, 사람들이 알 만한 회사에 다닐수록 더 부러움을 샀다. 좋은 회사는 부모님에게 드리는 혜택도 많았다. 자식들이 회사를 다니는 한, 부모님은 병원비 걱정이 없었고 건강검진도 좋은 곳에서 받을 수 있었다. 인센티브를 받았다는 핑계로 비싼 선물을 사드리고, 유명한 식당에서 식사를 했다. 은퇴 후 부모님에게 선물을 사드리면 좋아하시기보다 걱정부터 하신

다. 더 이상 금전적으로 효도할 수 없는 건 아쉽다.

부모님뿐만이 아니다. 이제 내가 돈을 쓰려고 하면 주변 모두가 만류한다. 친구를 만나도 "이건 내가 살게"라며 내 몫까지 계산을 해버린다. 의도치 않게 한동안 얻어먹고 다녔다. 친구를 만날 정도는 쓸 수 있게 용돈을 마련했는데, 주변에서 쓰질 못하게 한다. 주식으로 애써 마련한 비자금이 줄어들지 않고 있다.

내가 아닌 회사의 이름값에 괜히 당당해지던 때도 있었을 텐데, 이제 "무슨 일 하세요?"라는 물음에 웃으며 당당하게 "전 백수예요"라고 말하는 여유를 보여야 한다. 자발적으로 선택한 것이기에 당당하다. 나의 대답에 달라지는 상대의 표정을 관찰하는 것도 흥미롭다.

"여행 가면 이제 출입국신고서 직업란에 뭐라고 써야 하지? '백수'라고 쓰면 괜히 이것저것 물어보는 거 아닐까?"

"브런치 작가라고 써."

지금은 작가 신청 후 승인되어야지만 글을 쓸 수 있는

브런치라는 플랫폼에 글쓰기밖에 하는 게 없어서, 남편과 이런 얘기를 주고받기도 한다.

소속은 내 자유를 담보로 안정감을 제공했다. 우린 그 소속 안에서 금전적으로 많은 혜택을 누렸었다. 소속이 없는 지금, 코로나로 인해 그 자유를 충분히 누리지는 못하고 있다. 32년 동안 써보지 못한 것이라 어떻게 사용해야 할지도 헤맨다. 서두르지 않고 천천히 익숙해져도 아무 문제 없는 것. 이것 또한 자유가 주는 것이니 괜찮다.

6개월의 휴직 기간이 끝났다. 일을 좋아하는 줄 알았는데, 난 노는 걸 더 좋아하는 사람이었다. 건강도 좋아졌고, 긴 시간은 지루하지 않았다. 자유의 시간을 보낸 이후 은퇴에 대한 확신이 생겼고 회사에 복귀하지 않겠다는 최종 의사를 전달했다. 회사의 퇴사 처리가 진행되었다. 고용보험 자격 상실 문자와 국민연금 납부예외 처리 알림 문자를 받았다. 지역의료보험료 고지서도 나왔다. '자격 상실'이라는 문자를 받았을 때 잠시 묘한 기분이 들었다. 더 이상 국가에 보탬이 되지 않는 사람이라는 뜻일까. 하지만 묘한 기분은 오래가지 않았다. 이만큼 하면 됐다 싶었다.

이제 인생 2부의 시작이다.

7장

은퇴 후 나를 위해 보내는 시간

본격유희 편

하루에 하나만 해도
1년이면
3657가지를 하는 거야 ⋯⋯⋯⋯⋯

은퇴 후 하고 싶은 것들이 많았다. 시간이 여유롭다고 해서 함부로 쓰고 싶지도 않았다. 그래서 초등학교 시절 방학 때 했던 것처럼 하루 일과표를 작성했다.

우선, 회사 다닐 때와 같은 시간에 일어나기로 했다. 출근할 때는 아침이 싫었다. 5분이라도 더 자고 싶은 마음을 뒤로하고 힘겹게 일어나서 기계적으로 씻고 옷을 갈아입었다. 출근 준비가 끝나면 벽에 걸린 시계를 바라보며 버스를 놓칠까 불안한 마음으로 서둘러 집을 나섰다. 은퇴한 지금은 따뜻한 햇살을 맞이하며 일어나는 아침이 행복하다. 일어나서는 가장 먼저 캡슐 커피부터 내

린다. 커피 두 잔을 내려, 거실 창가를 뒤로하고 놓인 두 개의 안락의자 사이의 나무 테이블에 올려둔다. 그리고 AI 스피커로 자주 듣는 라디오를 켜면 연결된 스피커에서 음악이 흘러나온다. 거실 가득 음악과 커피 향이 채워지면, 방으로 다시 들어가 남편을 깨운다.

"커피 다 내렸어. 일어나요."

은퇴 전, 아침잠이 많은 남편을 깨우는 일은 힘들었다. 여러 번 깨워도 잘 일어나지를 못했다. 내가 늦잠을 자서 서둘러 나가느라 깨우는 걸 깜빡하고 출근해버리면, 남편은 점심시간이 지나서까지 잠을 자다가 지각을 했었다. 하지만 지금은 저 한마디면 벌떡 일어나 거실로 나간다. 그리고 커피를 마시며 각자 잠을 깨우는 시간을 가진다.

한 시간 정도가 지나면 몸이 완전히 깨어난다. 그럼 둘 다 운동복으로 갈아입고 집 근처 호수 공원으로 나선다. 아침 러닝 시작이다. 아직 햇빛에 데워지지 않은 차가운 공기가 가슴속으로 들어온다. 상쾌한 공기가 온몸을 맴돌기 시작한다. 가끔 귀찮을 때도 있지만 이렇게 첫발을 내딛는 순간, 역시 달리길 잘했어 하는 생각이 든다. 호수 공원을 한 바퀴를 돌고 나면 5km쯤 된다. 난 양볼이 발그레해서는 숨을 헐떡이며 남편을 바라본다. 남편은 내 속도에 맞춰서 원래 달리던 속도보다 좀 더 천천히 뛰어서인지 평소랑 그대로다.

아침 운동 후에는 남편이 아침 겸 점심을 준비한다. 주로 가볍게 먹을 수 있는 떡만둣국이나 간장계란밥을 한다. 그럼 식사 후 설거지는 내 몫이다. 가끔 내가 새로운 시도를 해보겠다며 브런치를 만들기도 한다. 내가 준비하는 브런치는 하루 전에 예고가 필요하다. 남편은 내가 만드는 음식을 먹기 위해서는 아직 마음의 준비가 필요하다고 했다(내가 만든 아침 식사에 대한 이야기는 다음 글에서 꺼내보려 한다).

저녁 시간 전까지는 각자 자유의 시간이다. 부부라도 혼자만의 시간은 필요한 법이다. 이 시간은 우리에게 매우 소중하다. 서로에게 방해받지 않기 위해 우린 가능하면 한 공간에 있지 않으려 한다. 내가 집에 있으면 남편이 카페로 갔고, 남편이 집에 있으면 내가 밖으로 나갔다. 밖으로 나간 날에는 동네 탐험을 한다. 발길 닿는 대로 계속 걷는다. 걷다가 서점에서 읽고 싶었던 책을 고르기도 하고, 새로 개업한 카페가 보이면 들어가서 커피를 마신다. 어쩌다 들어간 곳이 마음에 들 때면 남편에게 사진과 함께 메시지를 보낸다. "괜찮은 카페를 발견했어. 다음에 한번 가봐." 같이 가자는 말은 하지 않는다.

은퇴 후 한동안은 여유로운 시간에 적응이 어려웠다. 하고 싶은 것이 많아서, 하루를 시간 단위로 잘게 쪼개어 여러 가지 것들을 했다. 영어공부, 독서, 아이패드로 그림 그리는 강의 영상 보기, 글쓰기 연습 등등 하루가 너무 바빴다. 은퇴를 했는데도, 스트레스가 쌓였다. 난 휴식도 회사 생활처럼 했던 것이다. 계획한 대로 하지 않으면 불안했고, 여유 시간에도 무언가 생산적인 일을 해야만 할 것 같았다. 그때 은퇴 선배인 남편이 말했다.

"한 번에 하나씩만 해. 시간 많은데 뭐 그리 급해."

마흔, 부부가 함께 은퇴합니다

회사에서는 멀티로 처리해야 할 일이 많았다. 회의 시간에도 나를 찾는 메시지가 오면 급히 답을 해줘야 했고, 메일을 쓰다가도 누가 찾아오면 하던 일을 접어두고 얘기를 들어줘야 했다. 한 가지만 진득하게 해본 지가 너무 오래되었다. 동시에 여러 가지 일을 처리하는 것에 익숙해져 있었다.

　　멀티태스킹을 하면 뇌 손상이 올 수 있다는 글을 읽었다. 성격이 급한 나는 알람을 그냥 무시하지 못했다. 하던 일이 있어도 알람이 뜨면 그것부터 처리해야 했다. 30대 초반까지만 해도 그게 내 능력인 줄 착각했었다. 난 멀티태스킹을 잘하는 편이었고, 다른 사람들보다 일 처리 속도가 빨랐다. 하지만 나이가 들면서 기억력이 나빠진 것을 느꼈다. 단기 기억력은 여전히 좋은 편이다. 하지만 일 처리가 끝나고 시간이 지나서 내가 진행했던 일을 찾아보면 낯설었다. 회사 일은 끝내고 나면 그만이긴 했지만 추억도 점점 옅어지고 있음을 깨닫고는 덜컥 겁이 났다. 남편과 같이 다녔던 여행도 시간이 지나면 금세 까먹었다. 그 기억이 흐려지는 것이 아쉬워서 여행

순간순간마다 핸드폰으로 사진을 찍기 시작했다.

요즘은 한 번에 하나씩만 하는 연습을 하고 있다. 이제는 하루에 한 가지만 해도 괜히 뿌듯해진다. 책 한 권을 다 읽거나 집안일 하나만 처리해도 보람 있는 하루를 보낸 기분이다. 회사에서는 하루에 수많은 회의와 결재, 메일 수십여 통을 처리했는데, 하루에 하나만 하는 것이 너무 게으른 건 아닌가 자책할 때가 있다. 그럴 때 남편은 말한다.

"하루에 하나만 해도 1년이면 365가지를 하는 거야."

내가 만든
아침 식사 .... ✸

우리 집 요리 담당은 남편이다. 연애 시절 내 요리를 몇 번 먹어본 남편은 내가 만든 음식을 두려워한다. 남편이 요리할 때 가만히 앉아서 해준 음식을 먹기만 하는 것이 미안해, 난 남편 옆에서 보조 역할을 한다. 재료를 꺼내어 손질하고, 남편이 어지럽힌 주방을 정리한다.

"당신은 요리하는 즐거움만 느껴. 나머지는 내가 다 할게."

이렇게 얘기하며 보조의 역할로 만족했다. 내가 옆에

서 기웃거리고 있으면 가끔 남편이 선심 쓰듯 한두 가지 요리를 시키기도 한다.

"양념장은 네가 한번 만들어봐."

내가 만든 양념장의 맛은 괜찮았다. 이전에 요리에 몇 번 실패는 했지만 보조 역할을 하면서 조금은 나아졌을지도 모른다는 생각이 들기 시작했다. 내가 산 주물팬의 예열 방법을 찾기 위해 요리 동영상을 찾아보다가 아침 식사로 적절해 보이는 주물팬 요리를 발견했다. 조리법이 매우 간단해서 나도 할 수 있을 것 같았다. 어느 날, 아침 메뉴를 고민하는 남편에게 나도 아침을 한번 해보면 어떨지 슬쩍 물어봤다.

"내일 아침에 내가 '프리타타' 만들어줄까? 냉장고에 있는 야채로 만들 수 있어."
"프리타타? 그게 뭐야?"
"이탈리아식 오믈렛이라고 생각하면 돼."

"처음 하는 건데 좀 익숙한 것부터 해봐야 하는 거 아니야?"

"이건 조리법이 엄청 간단해! 한식보다 쉬워."

'프리타타'의 재료로 계란, 시금치, 양파, 토마토, 베이컨, 우유, 버터가 필요했다. 냉파(냉장고 파먹기) 요리라고는 했지만, 시금치, 양파, 토마토, 베이컨은 우리 집에는 없는 재료였다. 장을 본 후 그다음 날 아침을 내가 하는 것으로 순서를 바꿨다. 남편은 냉파 요리라고 하더니 새로 산 재료로 냉장고가 꽉 찼다며 투덜거렸다. 난 사두면 다 쓸 데가 있다며 남편을 안심시켰다. 난 최적의 요리법을 찾기 위해 인터넷에서 '프리타타' 레시피란 레시피는 샅샅이 다 뒤졌다. 하지만 사람들마다 만드는 방법이 조금씩 달라서 어떤 레시피가 좋은지 헷갈리기만 했다.

드디어 내가 아침을 만드는 날이 찾아왔다. 미리 재료를 꺼내 손질을 시작했다. 처음으로 혼자 요리를 하려니 모든 게 어설펐다. 레시피를 외웠다고 생각했는데, 너무 많은 블로그를 봐서인지 머릿속이 뒤죽박죽이었다. 야채를 볶는 일도 쉽지 않았다. 팬에 다듬어 넣은 시금치와 양파가 넘쳐흘러서 가스레인지 위로 지저분하게 떨어졌다. 흠… 보기에는 쉬워 보였는데, 이상하다. 그래도 조금씩 숨이 죽어가더니 맛있는 냄새가 풍겨왔다. 그렇게 볶은 야채와 베이컨에 미리 만들어둔 달걀물을 부었다. 그 위에 치즈를 뿌리고 방울토마토를 간격을 맞춰 조심스레 올려두었다. 마지막으로 오븐에 넣었다. 180도로 15분 동안 익히면 된다. 15분이 이렇게 긴 시간이었던가. 이 요리까지 망치면 남편이 다시는 요리를 못하게 할 것 같았다.

15분이 지나고 오븐에서 요리가 완성되었다. 비주얼은 꽤 그럴듯해 보였다. 식탁으로 주물팬을 옮겨놓고, 파슬리를 뿌렸다. 이제 드디어 완성! 네 조각으로 자른 후 한 조각씩 접시로 옮겼다. 남편이 내가 만든 '프리타타'를 작게 잘라 입으로 가져간다. 맛이 괜찮을까. 남편이 어떤 평가를 할지 긴장되었다.

"어, 맛있네."

"거봐, 쉽다고 했잖아! 이제 내가 가끔 아침 해도 괜찮 겠지?"

요리를 좋아하는 남편은 내가 그 틈을 비집고 들어간 다는 것에 약간은 씁쓸한 표정으로 마지못해 알겠다고 했다.

"그래도 미리 예고는 해줘. 난 아직 마음의 준비가 필 요해."

드디어 남편의 인정을 받았다. 예고 없이 아침을 만들 기 위해서는 계속 시도하고 성공해야만 한다. 난 남편이 잘 만들지 않는 분야를 공략했다. 남편은 주로 한식을 만드니 난 양식 위주로 도전하기로 했다. 은퇴 전 마련 해둔 주물팬을 활용할 수 있는 요리로 찾았다. 예열 방 법은 찾아냈지만, 남편은 익숙하지 않은 팬으로 요리를 하려 하지 않았다. 나라도 잘 쓰지 않으면 싱크대 안에서 자리만 차지하게 될 주물팬이 아까웠다.

다음 요리로 '에그인헬'을 준비했다. 중동 지역에서 자주 먹는 집밥이라고 했다. 레시피도 간단한데 보기에도 그럴듯해서 파티 요리로도 자주 등장하는 음식이었다. 토마토소스가 들어가는 것 외에는 재료도 '프리타타'와 비슷했다. '프리타타'를 위해 사둔 재료가 있으니 정말 냉파로 만들 수 있는 아침이었다. 달걀물 대신 토마토소스를 붓고, 거기에 달걀을 깨트린 후 토마소소스 사이에서 익히기만 하면 된다. '에그인헬'은 '프리타타'에 비해서는 맛이 좀 아쉬웠다. 토마토소스의 신맛을 완전히 잡지 못했다. 그래도 남편이 맛있게 먹어서 다음 요리를 할 기회를 부여받았다. 다음 요리로는 스위스식 아침 식사 '뢰스티'를 만들겠다고 했다.

"이번에는 스위스야? 왜 자꾸 여기저기 다녀?"
"이제 당신은 한식, 난 양식 요리를 담당할까?"

좋아하지만 잘하지 못했던 요리를 은퇴 후 다시 시작

했다. 남편 옆에서 요리 보조로 오랜 경력을 쌓아와서인지 이전과는 다르다. 이제는 제법 먹을 만한 요리를 만들 수 있다. 당당하게 난 양식 요리를 담당하겠다고 선언하기도 했다. 예고 없이 남편에게 아침 식사를 만들어 줄 수 있는 날이 빨리 왔으면 좋겠다.

"안녕, 즐거운 시간 보내" 각지를 위한 공간 마련

    우리 집 공간은 모두 함께 쓰도록 배치되어 있었다. 옷방과 침실, 놀이방과 거실 서재. 처음은 여느 집과 마찬가지로 거실에 TV와 소파를 두었다. 그때 우리는 퇴근 후 돌아오면 대화 없이 멍하게 TV만 봤다. TV를 방으로 옮기면 멍하니 있는 시간이 좀 줄어들까 싶어, 방에다 TV와 소파를 넣어두고 놀이방이라 불렀다. 거실에는 책장과 책 읽기 좋은 안락의자 두 개를 나란히 두었다. 거실에 TV가 없으니 자연스레 TV 보는 시간이 줄었다. 공간 구성이 삶에 끼치는 영향을 그때 깨달았다.

    집에 머무를 때면 우리는 늘 함께 시간을 보냈었다.

은퇴 전에는 둘이 살기 딱 좋은 공간 구성이라 생각했지만, 이제는 집에 머무는 시간이 더 길다. 하루 종일 둘이 함께일 수는 없었다. 우리는 각자의 자유 시간을 보내기 위해 번갈아가며 카페를 갔다. 커피를 마시기 위해서가 아니라 공간을 사기 위해서였다. 카페에 자주 가는 건 생각보다 부담스러웠다. 스타벅스 아메리카노는 한 잔에 4,100원이다. 열 번만 가도 41,000원. 한 달 용돈이 10만 원인 우리에게는 사치였다. 게다가 마스크를 오래 쓰고 있느라 시간이 지나면 머리가 아파왔다.

계속 이렇게 지낼 수는 없다. 우리에게는 집에서 각자의 시간을 보낼 공간이 필요했다. 남편이 약속이 있어 외출했던 날, 줄자를 들고 집 안을 돌아다니며 가구와 방의 크기를 측정하기 시작했다. 어떻게 하면 각자의 방을 만들 수 있을지 머릿속으로 배치를 달리 해보았다. 침실은 어차피 잠만 잘 공간이니 가장 작은 방으로 옮기고, 큰방을 놀이방 겸 남편의 방으로 쓸 수 있을 것 같았다. 옷방은 짐으로 가득했다. 어쩔 수 없이 난 거실의 한 구석에 내 공간을 꾸리면 되겠다고 생각했다. 남편이 돌아오자마자 붙잡고 앉아 동의를 구했다.

"우린 각자의 방이 필요해. 당신이 침대를 작은방으로 옮기는 것만 동의해주면 방법이 있을 거 같아."
"어떻게 하려고?"

남편도 개인 공간의 필요성을 느꼈는지 바로 좋다고 말했고, 나의 계획을 자세히 물어보았다.

"그럼 네가 불편하잖아. 정말 그 방법밖에 없는지 한번 보자."

이번엔 남편이 줄자를 들고 왔다 갔다 하기 시작했다. 옷장의 길이를 한번 재보고는 작은방의 벽 사이즈를 확인했다.

"침실로 쓸 작은방 문 옆으로 옷장 한 개는 들어가겠는데?"

"침대 통로가 좁아지긴 하는데, 어차피 잠만 잘 거니 괜찮겠네."

"응, 그럼 옷방을 네가 쓸 수 있을 거야."

겨울엔 날씨도 춥고 코로나도 심각해져 외출을 자주 하지 못했다. 우린 한동안 거실에서 무기력하게 늘어져 지냈다. 각자 방이 생길 수 있다는 생각에 우린 바로 실행에 옮겼다. 남편이 옮길 가구를 살짝 들어 올리면, 난 서둘러 가구 아래에 수건을 깔았다. 수건을 깔면 아무리 무거운 가구라도 둘이서 어렵지 않게 밀어서 가구를 옮길 수 있었다. 좁았던 옷방은 옷장을 옮기고 배치를 달리하니 꽤 널찍한 공간이 되었다. 뷰가 좋은 창가에 책상을 두었다. 창밖으로 하늘이 넓게 펼쳐져 있고, 그 아래로 낮은 산과 아침 러닝을 하는 공원이 보였다. 옷방으로 쓰기에는 아까운 뷰였다. 옷방의 역할을 하는 방이었지만, 내 책상이 놓여 있으니 이제는 내 방이다.

결혼 후 처음으로 내 방이 생겼다. 정리를 끝낸 후 방문을 닫고 책상에 앉았다. 오랜만에 생긴 온전한 내 공간이다. 처음 집에서 독립했을 때 기분과 비슷하다. 내 공간에서 나는 자유롭다. 스피커 하나를 방으로 옮겨왔다. 내 취향의 음악을 틀어놓고 몸을 흔들며 방안을 돌아다녔다. 내 방에서 나는 다시 혼자가 된 것만 같은 자유로움을 느꼈다. 아마 남편도 비슷한 기분이리라. 내 방이 생긴 기념으로 쾌적한 작업을 위해 나의 아이패드에게 매직 키보드를 새로 사주었다. 이제 우린 점심을 먹고 정리를 마치면, 거실에서 "안녕, 즐거운 시간 보내"라고 말하며 헤어진다. 자유 시간, 우린 각자의 방에서 혼자만의 시간을 보낸다.

개인 공간의 중요성을 깨닫자, 이 집을 팔고 지방에서 새 집을 구할 때 주택에서 살고 싶다는 욕심이 생겼다. 은퇴 전에는 대부분의 시간을 회사에서 보냈고, 휴가가 생기면 여행을 떠났다. 집에서 보내는 시간이 길지 않고, 맞벌이다 보니 관리가 힘들어서 작은 집이 좋았다. 이제는 책상 하나가 아니라 내 취미 생활을 즐길 만한 널찍한 공간을 가지고 싶다. 또 요리를 자주 하다 보니 주방 도구가 자꾸만 늘어나서, 공간이 좁게 느껴진다. 주방도 지금보다 좀 더 넓으면 좋겠다. 날이 따뜻해지면 우리가 머물 지역으로 내려가서 살 곳을 찾아볼 생각이다. 은퇴 후에는 온전한 내 공간 마련이 필요하다는 사실을 알게 되었으니까.

늦깎이 공부의
즐거움 .... ✸

    어린 시절을 경주에서 보냈다. 내가 친구들과 뛰어놀던 장소들은 대부분 신라의 유적지였다. 지금은 올라갈수 없는 대릉원 위에서 포대자루로 미끄럼을 탔다. 할머니 산소가 경주 남산에 있어서, 할머니를 찾아뵐 때면바위에 새겨진 신라시대 불상들을 마주했다. 어린 시절나는 산에 있는 큰 바위에는 당연히 불상이 있는 줄 알았다. 여름 방학엔 불국사 어린이 학교를 다녔고, 경주박물관을 놀이터 삼았다. 집에 있던 《어린이 삼국유사》책은 몇 번을 다시 봐도 재밌었다. 어릴 때 달달 외울 정도로 읽어서인지 삼국시대 역사는 아직도 머릿속에 그

마흔, 부부가 함께 은퇴합니다

려진다.

경주는 땅만 파면 유적이 나오는 곳이다. 초등학교 4학년, 환경미화를 할 때 담임선생님이 이렇게 말했었다.

"다들 집에 신라시대 유물 하나씩은 있죠? 우리 교실을 미니 박물관으로 꾸며볼까요?"

"네~"

"집에 없으면, 경주는 땅만 파면 기와 조각 하나라도 나오니 꼭 하나씩 가져와요."

"네!"

신라시대 유물을 가져오라는데, 다들 별문제 없다는 듯 대답했다. 정말 대부분의 아이들이 집에서 유물 하나씩을 가져왔다. 신라시대 기와 조각, 술잔 같은 것들은 경주에서 정말 흔한 것이었다.

어린 시절 환경이 그러했기에 자연스레 역사를 좋아했다. 역사 수업 시간은 재밌는 옛날이야기를 듣는 것만 같았다. 하지만 단점이 있었다. 수업 시간은 그 어느 과목보다 재밌었으나, 시험은 그렇지 않았다. 역사 시험 단골 출제 방식은 시대순 나열이다. 굵직한 사건의 나열이면 어렵지 않겠으나, 기억하기 어려운 사건을 시간순으로 배열하라고 하면 머리가 아프다. 그나마 그때는 객관식이었으니 대략 찍으면 어느 정도 점수는 나왔다.

대학교 1학년 때 사학과 수업을 들은 적이 있다. 역사를 좋아해서 사학과 전공을 선택하고 싶다는 생각도 어느 정도 있었다. 사학과 수업은 한층 더 깊이 있는 이야기를 들을 수 있어 좋았다. 수업 시간이 늘 기다려졌다. 하지만 역시, 시험은 달랐다. 사학과 전공 시험은 주제 하나를 정해주고 논술하는 거였다. 시험지 한 장을 앞뒤로 꽉꽉 채워 적고는 이만하면 됐겠지 하며 주위를 둘러보았다. 사람들은 여전히 머리를 숙인 채 두 번째 장을 채우고 있었다. 고개 숙인 사람들 사이를 빠져나와 시험지를 제출했다. 그래도 내용은 알차게 적었으니 괜찮을 거라 생각했지만, 성적은 나빴다. 사학과는 나와 맞지 않는구나 생각하며 다른 전공을 선택했다.

난 학창 시절에 공부를 열심히 하는 학생은 아니었다. 그렇다고 딱히 노는 학생도 아니었지만, 공부에는 흥미가 없었다. 다만, 책을 좋아하는 엄마의 손에 이끌려 책은 많이 읽었다. 집에서 엄마는 늘 책을 읽었다. 집에 더 이상 읽을 책이 없을 때는 동네 도서관을 찾았다. 난 어린 시절, TV보다 책을 더 재밌어하던 학생이었다.

공부는 시험 보기 전에만 했다. 평소에는 빈둥거리다가 시험 일주일 전부터 교과서를 외우기 시작했다. 벼락치기만 했는데 성적은 곧잘 나오는 편이었다. 엄마는 항상 '네가 노력만 하면 더 잘할 텐데, 왜 노력을 안 하니?' 라는 얘기를 달고 살았다. 지금 생각해보면 벼락치기만 해도 성적이 잘 나온 건, 평소에 책을 많이 읽어서인 것 같다. 문제 이해력이 괜찮았다. 객관식 시험은 문제를 가만히 들여다보고 있으면 정답이 보였다. 암튼 난 공부는 무척 싫어했었다.

회사에서 마지막으로 받은 쇼핑지원금으로 책을 잔뜩 샀다. 공부를 그렇게 싫어하던 학생이, 이제는 좋아서 공부를 한다. 시험을 목적으로 하는 공부와 내가 재

있어서 하는 공부는 달랐다. 사회탐구 영역 중 가장 싫어하는 과목이 경제였는데, 스스로 경제 서적을 사는 날이 올 줄 몰랐다. 재테크를 본격적으로 시작해야 하는데 경제 흐름을 모르고 무턱대고 하면 안 될 것 같아 구매한 책이다. 내 용돈만 가지고 주식을 할 때는 별생각 없었는데, 은퇴 후 생활비를 가지고 투자를 하려니 실패가 두려워졌다.

역사 공부가 하고 싶어 고려사와 조선왕조실록을 정리한 책도 샀다. 학생 때 배운 역사는 이제 잘 기억나지 않는다. 전반적인 흐름 파악을 위한 책을 사고 싶어 골랐는데, 아직 다 읽지 못해 잘 산 건지는 알 수 없다. 좋은 책을 고르는 것도 어려운 일이다.

이렇게 쌓인 책 중 아직 시작도 못 한 것들이 많다. 책이 쌓여 있으니 마음이 급해진다. 저걸 언제 다 읽지? 여유 있게 한 권씩 보면 되는데, 여전히 난 성급하다. 책상 옆에 책을 쌓아두고 그때의 기분에 따라 조금씩 읽고 있다. 책 욕심은 아직 버리지 못했다. 공부를 위한 것이니 다시 한번, 괜찮다. 괜찮다.

박경리 작가의 《토지》는 남편이 읽고 싶다고 해서 산
책이다. 난 중학생 때 다 읽기는 했는데, 오래전이라 기
억이 잘 나지 않았다. 읽고 싶다던 남편보다 내가 먼저
읽기 시작했다. 중학생 감성으로 읽을 때는 줄거리만 보
였는데, 어른이 된 지금 읽는 《토지》는 완전히 다르다.
내용이 잘 기억나지 않는 것도 있겠지만, 그때는 이해하
지 못했던 아픔에 좀 더 공감하며 읽게 된다. 동학농민
운동 이후부터 일제강점기 우리 민족이 겪었던 아픔에
공감하고, 복잡 미묘한 관계로 인한 주인공의 감정에 공
감한다. 《토지》의 등장인물은 내가 아는 사람들인 것만
같다. 책 속에서 살아 움직이며 스스로 대화를 만들어내
는 것처럼 묘사가 생생하다.

　꿈꾸던 일을 떠올리며 학생 때도 안 하던 공부를 이제
야 시작했다. 나이 60, 70이 넘으면 좀 더 깊이 있게 알게
될까? 내가 좋아하는 주제에 대해 막힘없이 이야기할
수 있을 정도는 되었으면 좋겠다. 다시 한번 성급해하지
않고 공부하는 과정 자체를 즐기자고 다짐해본다.

낯선 동네에서 살아보기

　은퇴 후 남편과 낯선 동네에서 한 달 이상은 살아보자고 했었다. 은퇴를 하면 바로 긴 여행을 떠나게 될 줄 알았다. 유럽 자동차 여행을 가자며 장기 리스도 알아봤다. 유럽의 리스 자동차는 대부분 수동이었다. 우리는 둘 다 2종 보통 면허를 가지고 있어, 남편은 1종 면허를 따려고 준비했었다. 유난히 추위를 못 견디는 남편을 위해 겨울 3개월 정도는 따뜻한 동남아에서 살아보자고도 했었다. 하지만 우리는 동남아도, 유럽도 갈 수 없었다. 우리가 생각하지 못했던 변수는 코로나였다.

　은퇴 전, 2020년 5월 황금연휴에 마지막 호캉스를 보내자며 빨리 여행을 예약했었다. 평소에는 가지 않던 풀 빌라도 예약했다. 우리는 코로나 상황이 나아지길 기대하며 취소 기한을 넘겨서까지 기다렸지만 코로나는 나아지지 않았다. 취소는 안 되지만 다행히 연기는 해준다고 했다. 코로나 때문에 미루고 미루어 다시 예약했던 2021년 4월은 다가오는데, 아직 해외여행을 떠나기는 무리였다. 발리 여행 취소를 고민하고 있을 때 언니가 "제주도 한 달 살기는 어때?"라고 제안했다. 언니는 4월에 정든 집을 떠나 이사할 예정이었다. 오래된 아파트라 인테리어가 필요하다고 했다. 언니네에는 곱슬거리는 검은 털을 가진 귀여운 푸들 루비와 엄마가 함께 살고 있다. 언니는 인테리어 기간 동안 강아지를 데리고 잠시 머물 장소를 구해야 하는데, 쉽지 않다고 했다.

"숙박비는 내가 줄게, 인테리어 하는 동안 엄마랑 너네 집에 좀 있어도 되나?"

"얼마나 줄 건데?"

"일단 숙소 한번 찾아보고 얼마나 들지 알려줘."

"그래!"

솔깃했다. 어차피 백수이기 때문에 어디에 살든 상관없었고, 숙박비가 해결된다니 돈도 아낄 수 있다! 제주도를 안 간 지도 벌써 6년이 되어간다. 제주도는 남편과 내가 연애를 시작한 장소라 여기저기 우리의 추억이 묻어 있다. 게다가 4월의 제주는 특히나 아름답다. 섬 전체가 하얀 벚꽃으로 뒤덮인다. 전농로와 제주대학교 앞 벚꽃터널을 함께 걸었던 기억이 떠올랐다. 유채와 벚꽃이 흐드러지게 피어 있는 녹산로 드라이브도 그리웠다. 이번에 내려가면 그때는 못 걸었던 한라산 둘레길도 걸어보고 싶었다.

틈날 때마다 제주도 숙소를 알아보기 시작했다. 마음에 쏙 드는 숙소는 대체로 비쌌고, 단기 숙박만 가능했다. 적당한 가격에 한 달 살기가 가능한 숙소는 주로 시내에 있는 작은 오피스텔이었다. 제주도에서 회사를 다녔기 때문에 시내는 익숙했다. 그때도 바닷가나 한적한 전원주택살이를 꿈꿨지만 출퇴근 때문에 어쩔 수 없이 회사가 가까운 시내로 집을 구했었다.

　나는 낯선 경험이 하고 싶었다. 제주 하면 떠오르는 바닷가 돌담집에서 살아보면 어떨까? 숙소를 찾다 조천 바닷가 근처에 돌담으로 둘러싸인 자그마한 단독주택을 발견했다. 한 달을 지내기에는 부담스러운 가격이었다. 하지만 숙박비는 언니가 지원하기로 약속하지 않았던가! 우리는 부족한 비용만 채우면 됐다.

　"지금 아니면 언제 이런 데 살아보겠어."
　"집을 빌려주는 거 괜찮은 거 같아."
　"그러게, 주변에 집 필요한 사람 있으면 말하라고 그래. 후훗."

　제주도를 시작으로 낯선 동네에서 살아보기가 시작되었다. 제주에서 두 달 동안 지낼 우리의 집은, 사진을 여러 번 들여다보아서 그런지 이미 와본 적 있는 장소를 다시 찾은 기분이 들었다. 집 안으로 들어서자 방 안에 놓여 있던 디퓨저에서 숲속 향이 났다. 사진 그대로 아담하고 아늑한 집이었다. 문을 열고 들어오면 정면에 큰 갤러리 창이 보인다. 창 앞으로는 낮은 벤치와 좌식 테이블이 있고, 맞은편에는 침대가 놓여 있다. 문 오른쪽, 분리된 주방에는 큰 냉장고 하나와 상부장이 없는 싱크대가 있고, 주방 한편에는 원목 테이블 하나가 놓여 있다.

큰 갤러리 창 앞으로 테이블을 옮겼다. 창에는 나무로 만든 선반이 있었다. 선반 위에는 스피커와 캡슐 커피를 올려두었다. 짐을 가져왔던 박스 하나는 비워서 속옷과 양말을 정리하고, 행거에는 당장 필요한 최소한의 옷만 걸었다. 현관 앞에는 운동복과 가방 그리고 모자를 걸어둘 작은 옷걸이를 두었다. 주방을 향해 나 있는 창을 가리지 않을 정도로 낮은 것이었다. 주방에는 두 칸짜리 선반을 사서 주방용품과 마트에서 산 식료품을 정리했다. 깔끔한 집을 너저분하게 쓰고 싶지는 않았는데, 정리한다고 했는데도 처음 그대로의 감성은 아니다.

테이블을 갤러리 창 앞으로 둔 것은 만족스러웠다. 창밖으로 돌담과 자갈이 깔린 마당이 보였다. 우리는 이 테이블에서 가장 많은 시간을 보냈다. 아침에 일어나면

마흔, 부부가 함께 은퇴합니다

블라인드부터 올리는 게 하루 일과의 시작이다. 선반에 올려둔 스피커에서는 음악이 흘러나오고, 테이블에 앉아 커피를 마신다. 이곳에서 우리는 식사도 하고, 글도 썼다. TV가 없는 집이다. TV 대신 음악을 틀고 테이블에 앉아 평소보다 많은 이야기를 나누었다.

하루 이틀 생활해보니 필요한 것들이 생각났다. 우리는 다이소로 향했다. 역시 다이소가 싸고 좋다며 이것저것 생각나는 물건을 마구 집어 들었다.

"물컵 마음에 드는 걸로 하나 골라봐."

난 신중하게 컵 하나를 집어 들었다.

"천 원짜리도 많은데, 역시 마누라는 제일 비싼 걸 고르네."

내가 고른 컵은 2,000원짜리였다. 물컵, 주방용 수건, 실리콘 컵 뚜껑… 잔뜩 샀는데도 16,000원밖에 나오지 않았다. 만족스러운 가격이다. 남편은 이제 필요한 물건은 다이소에서 사자고 했다. 이만큼이나 샀는데… 더 살게 없어야 하는데…. 오랜만에 한 쇼핑에 남편은 신이 나 보였다.

익숙하지 않고 아담한 주방이라 손이 많이 가는 요리를 만들어 먹기는 어려웠다. 우리는 아담한 주방에 최적화된 간단한 음식을 해 먹었다. 아침은 아메리칸 브랙퍼스트 스타일이다. 토스트와 삶은 계란, 베이컨, 해시브라운, 과일로 한 끼 식사를 꾸렸다. 간단하지만 알차다. 저녁으로는 마트에서 산 반찬 세 가지와 국을 끓여 먹었다. 메인 반찬은 스팸이나 비엔나소시지다. 가끔은 동네 식당을 간다. 이곳에서 먹은 베트남 쌀국수는 서울에서 먹은 그 어떤 쌀국수보다도 맛있었다.

우리는 제주의 아담한 집에서 최소한의 생활을 하고 있다. 냉장고도 더 이상 채워두지 않는다. 당장 먹을 만큼의 음식만 사둔다. 옷도 상의 세 가지, 하의 세 가지를 돌려 입으니 충분하다. 신발도 러닝화 하나와 운동화 그리고 슬리퍼가 전부다. 더 많은 물건, 더 큰 집이 아니어도 만족스럽다. 낯선 곳에서 미니멀리스트가 되어가고 있다. 남편과 은퇴 후 여기저기 옮겨 다니며 살아보자고 했었다. 지금처럼 차에 싣고 다닐 정도의 최소한의 짐만 있으면 어디에서든 잘살 수 있을 것만 같다.

하고 싶은 일들로
하루를 가득 채웠다 ....

우리의 제주도 집은 올레 18코스를 살짝 비켜간 곳에 있다. 조금만 걸어 나가면 바다를 볼 수 있지만, 창밖으로는 바다가 아닌 우리 집과 이웃집의 돌담만 보인다.

"아침 달리기 코스로 올레는 어때?"

제주에서도 평소처럼 아침은 달리기로 시작하기로 했다. 남편의 제안에 우리는 달리기 코스를 찾기 위해 숙소에서 18코스의 끝부분까지 산책했다.

검은 돌담이 쌓인 제주의 길은 반듯하지 않다. 제멋대

로 자유롭게 뻗어나간다. 길이 있어 집을 지은 것이 아니라, 집을 짓다 보니 길이 생겨난 것이다. 같은 골목도 집이 자리 잡은 모양에 따라 길이 넓기도, 좁기도 하다. 꼬불꼬불 제멋대로 뻗은 돌담길이 제주스러웠다.

제주는 아직까지 전통가옥의 형태를 유지하고 있는 집이 많다. 제주 전통가옥 형태를 그대로 유지하더라도 대부분 지붕은 새로 올렸다. 검은 돌집과 대비되는 주황색, 파란색의 화사한 지붕이다. 제주의 지붕은 새로 올려도 육지의 지붕과는 다르다. 나지막이 내려앉은 지붕 아래로 돌담이 높게 쌓여 바람으로부터 집을 보호해준다. 나지막이 내려앉은 지붕에 괜히 더 정감이 간다.

난 특히 밖거리, 안거리로 나누어진 전통가옥의 형태가 마음에 들었다. 한 채는 내가, 나머지 한 채는 남편이 쓰도록 우리의 용도에 맞게 고쳐 지으면 좋을 것 같았다.

"제주도 전통가옥 사서 고쳐 지어 살면 좋겠다."

"싸우면 '너네 집으로 가!' 하면 되겠네."

"한 채는 우리가 살고, 한 채는 카페를 해도 괜찮겠다."

마을길을 산책할 때면 제주도 주택 로망에 대해 이야기하곤 했다.

18코스의 끝자락은 마을길과 바닷길이 함께 나 있다. 마을길을 걷다 보면 대섬으로 연결된다. 대섬과 육지를 잇는 바닷속 돌길은 달리기에 무리가 있어서 우회할 마을길을 찾았다. 마을길을 돌아 나오면 연북정과 조천항을 따라 조천 만세동산까지 연결된다. 주로 평지로 이루어져 있고, 조천 만세동산까지는 완만한 오르막이다. 길은 지루하지 않고, 힘들지 않아 보였다.

아침 달리기를 시작한 지 6개월을 훌쩍 넘었는데도, 달리기 전은 항상 긴장된다. 숨을 깊게 들이마시고 내쉬기를 반복하며 긴장을 풀어본다. 휴… 한 번 더 숨을 내쉬고, 남편에게 이야기한다.

"이제 시작할게."

내 손목에 찬 스마트 워치에서 '운동을 시작합니다'라는 메시지가 울린다. 그렇게 남편과 한 걸음씩 달리기를 시작한다. 처음에는 달리다 힘이 들면 고개를 숙였다. 힘들수록 고개를 들고 몸에 힘을 빼야 좀 더 쉽게 달려나갈 수 있다는 것을 얼마 전에야 깨달았다. 바른 달리기 자세와 삶을 바라보는 태도가 비슷하다는 생각을 한다.

이른 아침 올레길에는 사람이 거의 보이지 않는다. 숨이 찰 때마다 잠시 마스크를 내리고 탐욕스럽게 숨을 들이마신다. 상쾌한 공기가 이렇게 달콤한 것이었던가! 제주에서의 달리기는 평소 달리던 거리보다 2km가 늘었고, 1km당 평균 속도가 15초 정도 빨라졌다. 거리는 늘고 기록은 단축되었는데, 달리고 난 후 몸은 훨씬 가볍다.

얼마 전부터는 명상도 시작했다. 현재에 집중하며 내 몸과 호흡에 집중하는 10분의 시간이 흐르면 머릿속이 깨끗이 씻겨 나간 듯한 기분이 든다. 감았던 눈을 뜨면 세상이 말갛게 보인다. 명상도 달리기처럼 꾸준히 하다 보면 정신적으로도 안정을 찾지 않을까 싶다. 은퇴 222일째, 조금씩 건강해지고 있음을 느낀다.

은퇴 후 이렇게 하고 싶은 일들로 하루를 가득 채우며

살고 있다. 새로운 동네 산책 코스를 발견하거나, 달리기 기록을 달성하는 것도 하루를 풍족하게 하는 일이다. 긴 시간은 지루하지 않다. 회사를 떠나도 할 수 있는 일은 많았다. 우리는 일상에서 소소한 발견을 하며 지내고 있다.

'모두가 원하는 삶'이라 부를 수 있는 정의는 없다. 개인이 원하는 삶은 다양하다. 치열하게 일해서 얻은 성과로 보람을 얻거나, 금전적인 여유로 누리는 풍족한 삶을 원할 수도 있다. 내 인생은 회사원으로 끝날 줄 알았고 난 그게 정답이라고 생각했었다. 그리고 내가 좋아하는 것, 잘하는 것에 대해 잊고 살아왔다. 은퇴했다고 해서 그런 것들이 바로 떠오르지는 않았다. 난 한동안 내가 어떤 사람인지 탐구하는 시간을 가져보려 한다.

어릴 적 꿈을 떠올리며 글쓰기를 시작했고, 브런치에 글을 쓴 지 6개월이 지났다. 내 글을 구독하는 독자들도 생겼다. 독자가 한 명씩 늘어날 때마다 뿌듯했다. 브런치에 올렸던 글을 계기로 신문에 은퇴 관련 연재도 시작했다. 에세이도 쓰게 되었다. 어릴 때 꿈꾸었던 작가라는 꿈에 조금은 가까이 다가간 것 같다.

차근차근 계획한 은퇴였지만, 불안이라는 감정은 자주 나를 공격해왔다. 하지만 은퇴를 하고 난 이후 오히려 불안이 사라졌다. 회사라는 울타리의 바깥세상에는 가능성이 있었다. 은퇴는 나를 가능성의 세계로 이끌었다. 난 아직 정의되지 않은 사람이다. 이제 나는 회사원이 아닌 나를 정의할 다른 단어를 찾고 있다.

'은퇴 기획서'를 마무리하며

16년 동안 기획자로 살아왔다. 난 회사에 최적화된 인간으로 변해 있었다. 원래 그다지 계획적인 인간은 아니었는데, 16년의 시간은 나를 계획적인 인간으로 바꾸어놓았다. 은퇴 준비도 그랬다. 마흔에 은퇴하자는 목표가 수립되자 난 은퇴를 기획하기 시작했다.

나의 은퇴는 스프레드시트와 함께했다. 가계부를 쓰고, 은퇴에 맞추어 소비와 지출 계획을 수립하고, 자산 파악과 저축 계획까지 스프레스시트에 입력하고, 그에 따라 하나씩 수행해나갔다. 은퇴 이후의 삶에 대해 불안할 때마다 스프레드시트를 들여다보면서 계획을 보완했다.

기획자의 예측에 실수가 있어 잘못된 방향으로 기획이 되면, 프로젝트가 산으로 간다. 난 내 잘못이라는 말을 듣는 것을 힘들어했다. 실수하지 않기 위해 모든 감각을 곤두세워 예외 상황을 예측해 기획서를 작성했었다. 은퇴 기획은 남편과 함께였다. 내가 계획을 세우고, 남편이 검증을 담당했다. 남편은 내 기획서에 구멍이 없는지 날카롭게 파악했다. 그는 개발자의 입장에서 기획서를 검토하고 피드백을 남겼다. 우리는 그렇게 은퇴 프로젝트를 함께 진행했다.

　은퇴 이후의 삶은 예측하기 어려웠다. 내 기획에 구멍이 있을까 봐 매번 불안했다. 남편이 있어 그 불안함을 극복할 수 있었다. 내 걱정은 아직 닥친 일이 아니며, 만약 문제가 생긴다 해도 함께 해결할 수 있다고 말이다. 닥치지 않은 일로 걱정하고 불안해하며 현실을 해치지 말라 했다. 우리는 함께였기에 은퇴 프로젝트를 무사히 끝낼 수 있었다.

　남편과 은퇴를 준비하는 과정은 유쾌했다. 내 기획의 리뷰는 주로 동네 공원에서 이루어졌다. 그곳을 산책하며 주고받았던 대화가 쌓여서 단단해졌다. 은퇴 후 이 과정을 글로 쓰면 재밌겠다고 생각했다. 내가 재밌었으니 남들도 재밌지 않을까 생각했다. 글쓰기에 특별한 목적이 있었던 것은 아니다. 그냥 어릴 때 내 꿈은 작가였으니까, 글을 잘 쓰는 사람이 되고 싶었을 뿐이다. 매일 조금씩 한번 써보자, 그렇게만 생각했었다.

언젠가 내 이름으로 나온 책 한 권이 있으면 좋겠다고 막연히 꿈꾸었는데, 생각보다 빨리 그 기회가 찾아왔다. 은퇴 에세이 제안을 받은 건 내가 제주살이를 떠날 때였다. 살아보듯 지내자라고 생각하며 떠난 여행이긴 했지만, 여행 내내 카페에서 글을 쓰게 될 줄은 몰랐다.

회사에서 쓰는 메일은 자신이 있었다. 난 회사용 글쓰기에 최적화되어 있는 인간이었으니까. 16년 동안 내가 쓴 글이라고는 메일과 기획서밖에 없었다. 내 글의 독자는 직장 상사와 동료들이었고, 그들은 바쁜 사람들이다. 긴 글을 정독하지 않는다. 내 글은 늘 짧고 간단했다. 글의 목적은 한 문장으로 쓰고 볼드체로 변경한다. 본문에는 번호로 숫자를 매겨가며 부가적인 설명을 덧붙인다. 메일을 쓰고 다시 읽어보면서 불필요한 내용을 어떻게 줄일지 고민했다. 내가 쓴 문장은 대부분 짧고, 명사형으로 끝났다.

그렇게 딱딱한 글만 쓰던 내가 에세이를 쓰려니 처음에는 막막했다. 에피소드에 대한 상세한 설명이 없었다. 회사 메일처럼 불필요한 내용을 생략하고 간단히 적으려고 했기 때문이다.

"이 글을 읽는 사람은 우리의 상황에 대해 모르잖아. 좀 더 상세히 설명해줘야지."

내 글의 1호 독자인 남편이 지적했다. 회사에서 글을 쓸 때 내가 자신 있었던 건, 대상에 맞게 설명하는 거였다. 대상이 명확하지 않으니 그 장점마저 잃었다. 그러나 에피소드별로 글이 쌓이면서 조금씩 나아지기 시작했다. 글이 쌓이니 방향이 보였다.

최종 원고를 넘기기로 한 날짜까지는 여유가 있었지

만 성격 급한 나는 기다릴 수 없었다. 틈틈이 원고를 작성했다. 각자 자유 시간을 가지고, 밤 10시쯤에는 남편과 테이블에 마주 앉아 이야기하는 게 우리 둘만의 암묵적인 룰이었다. 하지만 글쓰기에 집중할 때면 시간 가는 줄 모르고 밤 10시를 넘겼다.

"너 회사에서도 이러느라 맨날 늦게 들어온 거였어?"

남편에게 내가 야근했던 이유를 들켰다.

내 글은 아직 회사체를 완전히 벗어나지 못했다. 내가 머릿속에서 골라낸 단어들은 딱딱하고 사무적이었다. 에세이를 쓰는데 '제공한다', '실행한다' 따위의 동사를 왜 그리 많이 적었던지, 퇴고하면서 새로운 동사를 찾아내는 데 시간을 꽤 들였다. 그 두 개의 동사는 아마도 내가 회사에서 가장 많이 사용한 단어였을 것이다.

제주도 조천 바닷가 앞 작은 마을에서 글을 마무리했다. 봄날 제주의 따스한 풍경 속에서 글을 써서 조금은 말랑해졌을 거라 믿는다.

제주에서,

김다현

마흔, 부부가 함께 은퇴합니다

ⓒ 김다현

초판 1쇄 발행 2021년 7월 26일
초판 3쇄 발행 2021년 9월 24일

지은이 김다현
펴낸이 이상훈
편집인 김수영
본부장 정진항
편집2팀 허유진 이현주
마케팅 김한성 조재성 박신영 조은별 김효진
경영지원 정혜진 이송이

펴낸곳 ㈜한겨레엔 www.hanibook.co.kr
등록 2006년 1월 4일 제313-2006-00003호
주소 서울시 마포구 창전로 70 (신수동) 화수목빌딩 5층
전화 02) 6383-1602~3 **팩스** 02) 6383-1610
대표메일 book@hanien.co.kr

ISBN 979-11-6040-625-2 03810